Milliardaire
grâce au
pendule

ISBN : 2733905775- ISSN : 0761-019X

Bernadette Gœury

Milliardaire grâce au pendule

Éditeur : Michel Grancher

JACQUES GRANCHER
98, rue de Vaugirard
75006 Paris

Préface

À Bernadette,
sur le chemin de la lumière...

Mars 1995 : nous étions encore en hiver. Il faisait froid et ma vie ressemblait à un désert.

Seul, avec un moral à moins 15°C, j'allumai ce soir-là mon poste de télévision et je tombai sur l'émission "Zone interdite", au cours de laquelle Patrick de Carolis interviewait la gagnante la plus célèbre de l'histoire du loto.

Elle était grande, imposante, riait fort, parlait très franchement et dégageait une fraîcheur naturelle hors du commun. Quand je l'ai vu jeter ses manteaux de fourrure sur son lit et parler de ses bijoux en disant : « Croyez-moi, l'argent, c'est un bon médicament ! » j'ai éclaté de rire. Ce fut alors qu'à la demande du présentateur, elle se mit à chanter « a capella » un air de Carmen. Je fus stupéfait par son aplomb et par la maîtrise de sa voix de soprano. Une véritable force de la nature me faisait face, grâce au petit écran que j'avais eu la chance d'allumer à ce moment-là... Mon seul réflexe : j'avais découvert un nouveau talent, et il me fallait à tout prix rencontrer cette femme. Le lendemain, j'appelai le service de presse de M6 qui m'indiquait les coordonnées de l'agence qui avait réalisé ce reportage.

Au téléphone, je me présentais comme producteur-compositeur, et un rendez-vous me fut fixé le jour même. Durant mon entretien avec les journalistes, ces derniers me proposèrent d'écrire à Bernadette, tout en me promettant de lui faire parvenir mon courrier.

Début avril 1995 : la sonnerie du téléphone retentit vers 18 heures.

« – Est-il possible de parler au compositeur qui m'a écrit et envoyé un C.D. de sa musique ? »

L'alchimie des ondes ayant fonctionné, j'avais Bernadette Gœury au bout du fil. À cette époque, Bernadette recevait des centaines de lettres par semaine, et il fallait vraiment croire aux miracles pour espérer voir ma lettre sélectionnée…

Après avoir longuement philosophé au téléphone, nous avons convenu d'un rendez-vous le 8 avril 1995 à 17 heures.

Je l'ai attendue dans le hall d'un grand hôtel parisien. J'avais classé soigneusement mes références artistiques dans des dossiers que j'avais apportés avec moi. Bernadette arriva accompagnée de son amie G. Elle ressemblait à un chef d'état en visite privée. Elle était encore plus impressionnante qu'à la télévision… Plutôt massive, d'une allure imposante, elle portait un imperméable de couleur beige et cachait ses yeux derrière d'épaisses lunettes noires. Il ne lui manquait plus que la plaque du F.B.I…

Souriante, elle m'a salué en me gratifiant d'une poignée de mains franche et volontaire. Nous nous sommes assis et j'ai commencé à lui présenter mes dossiers. Bernadette s'est simplement retournée vers son amie en lui demandant de la laisser seule avec moi. Apparemment, mes dossiers ne l'intéressaient guère…

Restés seuls, Bernadette a alors sorti son pendule de sa poche pour lui demander si j'étais l'homme envoyé par la Providence pour réaliser ses projets artistiques. Je ne sus jamais par quels moyens elle obtint une réponse, mais elle semblait très satisfaite de notre rencontre puisque nous nous sommes mis très vite au travail.

Ensemble, nous avons réalisé son premier C.D. et un vidéo-clip. D'autres projets artistiques sont actuellement en cours, mais je veux vite, chères lectrices, chers lecteurs, vous laisser découvrir le destin de Bernadette... Grâce à elle, j'ai appris que seule la Foi guide nos pas sur la piste des grandes rencontres qui changent le cours de nos vies.

Que la lecture de ce livre vous entraîne, à la suite de Bernadette, sur « le chemin de Lumière »...

SON MANAGER
Tony

Introduction

De tous temps, le jeu a été indispensable au genre humain. Sous l'empire romain, le peuple réclamait en priorité : *panem et circenses*. C'est-à-dire "du pain et des jeux". Pour ce peuple avide de loisirs et de détente après le travail, non seulement le jeu constituait une distraction, mais il lui permettait d'oublier les difficultés de la vie quotidienne en favorisant le rêve d'une vie meilleure.

Les jeux antiques qui opposaient dans l'arène, au cours de combats singuliers, des bêtes sauvages à des humains, fournissaient aux spectateurs des sensations fortes où l'excitation l'emportait vite sur l'émotion. À l'issue du combat, lorsque le dictateur romain levait la main avant d'incliner dédaigneusement son pouce vers le sol, la foule, tendue, haletante, lançait un « Oh » unanime avant d'assister, pleine de délectation, à la mise à mort du gladiateur condamné.

Si les mœurs ont évolué et si le peuple n'a plus besoin, à l'heure actuelle de jeux de cirques ou de combats de gladiateurs pour occuper ses loisirs, le jeu sous de multiples formes reste une activité essentielle pour le commun des mortels.

Bien que la civilisation empêche certains débordements sanguinaires, de multiples techniques et composantes du jeu se sont développées au cours des siècles derniers. Pour peu que nous restions dans le domaine du jeu sous forme de lutte, nous assistons encore aujourd'hui, et en toute légalité, à des combats de coqs en Thaïlande et aux Antilles, sans oublier les luttes de chiens à la limite du supportable, dans les banlieues ghettos de nos grandes villes, là où misère et drogue confondues semblent autoriser toutes sortes de débordements...

Il a fallu attendre la frappe de la monnaie pour que le jeu évolue, entraînant pour le joueur le désir impérieux de gagner quelque chose, quel que soit l'enjeu, à l'issue d'un pari. C'est ainsi que du haut des gradins de l'arène sanglante où la foule des spectateurs attendait impatiemment la mise à mort, le peuple est passé au pari, censé rapporter un lot, de quelque nature qu'il soit... Ont coexisté ensuite les deux procédés, et les bookmakers anglais les plus réputés ont accepté les paris des joueurs qui souhaitaient miser sur les éventuels vainqueurs.

Le joueur adepte de toute forme de jeu lucratif se distingue par la perception de son environnement. Ainsi celui qui mise sur un coq gagnant — dans le cadre d'un combat de coqs — ne va pas ressembler du tout à celui qui mise dans le cadre d'une course de lévriers.

Le joueur qui mise au loto ignore très souvent celui qui joue au Pari Mutuel Urbain (P.M.U.)

Quant aux fervents du poker, ils ne se sentent nullement concernés par les adeptes de la roulette, du Black Jack ou autres machines à sous dans les salles de casinos.

C'est un peu comme si chaque joueur évoluait dans son monde bien à lui, sans la moindre attraction pour le cadre de jeu du voisin. Tout ceci n'est en fait qu'une simple question de sensations.

Certains joueurs se lancent dans plusieurs techniques de pari, mais en général, il faut attendre que la passion d'un jeu s'éteigne pour qu'en naisse une autre, qui va remplacer la précédente...

Tous les joueurs sont mûs par une même passion : jouer pour gagner. Si beaucoup trop de joueurs misent jusqu'à la ruine, la force du vrai joueur devrait consister à toujours reprendre le dessus pour essayer de se refaire et de regagner... Ainsi le jeu pourrait être considéré comme une activité de loisirs, susceptible de devenir lucrative à condition d'avoir un zeste de chance, beaucoup de persévérance, et le respect de certaines techniques que vous allez découvrir dans ce petit ouvrage. Pour peu que vous respectiez ce cocktail, nul doute que vous récolterez, à défaut du gros lot, quelques sommes rondelettes et non imposables, susceptibles de vous faire oublier les fins de mois difficiles....

MOI, BERNADETTE GŒURY,
MILLIARDAIRE GRÂCE AU PENDULE…

Chapitre I

UNE JEUNESSE SANS JOIE...

Suite à ce rapide historique du jeu et à la description partielle des différentes sortes de joueurs, je me présente à vous, mes chers lecteurs, désireux de tenter votre chance au jeu.

Depuis 1990, date où j'ai gagné 40 millions de francs, moi, Bernadette Gœury, une simple fille de paysans, je suis devenue la première milliardaire du loto. Originaire de l'Est de la France, dans une région qui affiche couramment –25°C en plein hiver, je suis issue d'une famille nombreuse de six enfants. Dès ma naissance, mes parents, qui attendaient un garçon, se montrèrent déçus par mon arrivée sur terre. Ma mère m'a tellement battue et maltraitée tout au long de mes années d'enfance et d'adolescence que je n'avais alors qu'une hâte : me marier au plus vite pour fuir cette ambiance de labeur et de coups qui régnait en permanence à la ferme.

À l'âge de 19 ans, j'ai sauté sur la première occasion qui se présentait, et ce pour mon plus grand malheur. Ce jour-là, le destin m'a vraiment joué un sale tour en me condamnant sans appel à trente-cinq ans de bagne.

Mais voulez-vous que je vous décrive dans quel décor j'ai tenté de survivre ?

Imaginez un village perdu, dans une région de France où le réseau routier se résumerait à une réduction de bitume comprenant une montée et une descente, l'ensemble étant appelé "village sur voie vicinale". Cela ressemblait à une sorte de chemin sans issue à travers champs.

C'est là où j'ai purgé mes trente-cinq ans de galère, auprès d'un homme menteur, alcoolique et fort en gueule, qui m'a tout de suite exploitée sans vergogne, tout en m'humiliant et en m'insultant en permanence.

Tout le village et ses environs étaient imprégnés des histoires que mon mari racontait, chacun lui ouvrant sa porte pour l'entendre colporter ce qu'il avait entendu dire dans la ferme précédente. Cela provoquait une multitude de ragots qui se transformaient à mon endroit en haine, jalousie et moquerie de la part de très nombreux habitants des communes avoisinantes.

Mon mari jouait en permanence deux rôles : devant le monde, il affichait une certaine conduite trompeuse d'honnête homme qui prend bien soin des siens, et de retour à la ferme familiale, c'était une véritable catastrophe.

Avec une vie pareille, je me sentais physiquement épuisée, et moralement, à bout de ressources.

Un seul désir m'habitait en permanence : me suicider. C'était pour moi la seule issue possible à cette interminable descente aux enfers dont je ne savais comment sortir, avec trois enfants à charge. Non seulement je n'avais pas d'amis, mais ces ragots de village et des alentours, colportés et grossis de bar en bar, avaient fini par m'affliger d'une redoutable réputation, aussi fausse que diabolique.

Voilà planté le décor de ma vie de femme mariée et mère de famille, dans cette petite localité de quatre-vingts habitants qui s'appelait "Brabant-en-Argonne". En tout et pour tout quelques fermes abandonnées, dénuées de tout survivant, comme si l'endroit avait mortellement souffert des effets d'une catastrophe nucléaire, d'une épidémie de choléra ou d'un séisme.

Encore aujourd'hui, je reste persuadée qu'un village comme celui-là aurait pu inspirer un cinéaste comme Alfred Hitchcock...

Je vivais là sans joie, privée de liberté, isolée du monde extérieur à la ferme, sans l'ombre d'une gentillesse ou d'une attention. J'avais beau ressasser toutes mes souffrances et mes humiliations, je ne pouvais m'échapper de cette prison.

Moi qui n'avais pas fait d'études, je ne savais rien faire d'autre qu'assurer les travaux de ménage et d'entretien d'une ferme. Partir ? Non seulement je ne savais pas où aller, mais je ne me sentais pas le droit d'abandonner mes trois fils à un père qui n'avait ni le temps ni les compétences pour s'en occuper.

Chaque jour, je recommençais les travaux du ménage, de la cuisine, de la vaisselle, du jardinage et de la terre. Je menais là une vie de femme de ménage et d'intérieur non salariée, dont l'extrême fatigue n'était jamais remarquée par personne, et qui n'avait qu'un seul but : me faire crever à la tâche.

Moi qui avais toujours vécu au contact de la nature, et ce depuis ma plus tendre enfance, je me répétais que l'homme venait de la terre, et que pour vivre, il avait besoin d'eau, de bois, de terre, d'or et d'argent. Mon raisonnement, même s'il peut aujourd'hui apparaître à certains comme un peu primaire, n'était cependant pas dénué de bon sens.

Mes parents ne s'étaient jamais manifestés depuis mon mariage à l'âge de 19 ans. « Bon débarras », avait simplement dit ma mère lorsqu'elle avait appris mon mariage avec cet ouvrier agricole, d'origine hollandaise, qui terminait un stage à la ferme familiale.

Je me souviens que durant les premières années de mon mariage, j'avais reçu deux fois par an la visite de mon père. Il venait seul et ne parlait guère. Comme il ne posait aucune question, cela m'autorisait à ne lui fournir aucune réponse. Je lui servais un déjeuner éclair, qu'il avalait en vitesse pour repartir chez lui en baissant la tête. Je savais bien qu'au retour, il allait devoir affronter sa mégère de femme et lui raconter comment la visite s'était passée...

Comment ma mère, qui m'avait toujours détestée, aurait-elle pu comprendre l'acharnement de mon père à me rendre visite ?

C'est dans cet état de désespoir que je me suis tournée vers Dieu. C'était en fin d'après-midi, par une de ces journées grises et brumeuses où l'hiver n'en finissait pas de laisser place au printemps. N'était-Il pas mon seul recours puisque les êtres humains m'ignoraient ?

Je me suis agenouillée sur le carrelage de la cuisine et je lui ai dit textuellement :

« – Dis moi, mon Dieu, pourquoi m'as Tu mise au monde pour faire de moi ce que je suis devenue ? Sans âme, sans amour, sans argent, avec pour tout bagage la tristesse et la maladie. Est-ce que Tu existes vraiment ? Tu sais, je ne suis pas sûre de pouvoir vivre ainsi encore longtemps, ma vie est trop dure ! Mais si Tu existes, ce que je crois, écoute-moi : prends pitié de moi et fais quelques chose pour que je sorte de ce pétrin !

Et j'ai continué en m'adressant à la Sainte Vierge et à sainte Thérèse de l'enfant Jésus :

« – Sainte Vierge, sainte Thérèse, je voudrais voir la mer, les montagnes. J'aimerais aller en vacances et fréquenter des palaces, être servie au lit, m'acheter de beaux vêtements, garnir mes doigts de vraies bagues en or et en pierres précieuses, je voudrais être riche, élégante, ne plus trimer comme une bête attelée à sa charrue quotidienne. Je vous en prie, Sainte Vierge, faites quelque chose pour moi ! »

Je voulais être libre, c'était pour moi primordial. Et riche. Mais l'argent ne donne-t-il pas la liberté ? De cela, j'ai toujours été convaincue. Est-ce que les beautés de la nature et les richesses de la terre sont réservées à ceux qui ont de l'argent ? Est-ce que les pauvres sont condamnés à crever comme des cloportes sous la semelle d'un plus puissant qui les utilise jusqu'à la moelle ? Était-ce de ma faute si je n'avais pas fait d'études et si je n'étais destinée qu'à faire des ménages ?

En attendant la réponse du ciel, j'ai remis mon tablier et j'ai repris mon travail. J'ai serré les dents. On allait bien voir s'ils existaient, là-haut !

En réalité, je n'ai jamais vraiment douté des résultats de ma supplique. Est-ce là un miracle de la foi ? Je me répétais tout au long de mes nuits blanches que la Sainte Vierge s'était toujours manifestée à des enfants ou à des gens simples... A-t-on besoin de faire des études pour être entendu de Dieu ? Non, il suffit de prier avec un cœur pur et de croire très fort qu'on sera exaucé.

Pour moi, c'était un peu comme si j'avais confié à quelqu'un de plus fort que moi toutes mes peines et le terrible poids de mon fardeau. Je me sentais soulagée, allégée, prise en charge par un Être tout-puissant qui ne pouvait manquer d'accéder à mes prières.

Chapitre II

« UN JOUR, MA FILLE, TU SERAS RICHE... »

Nous étions à la fin de l'année 1970. Chaque boîte à lettres de la région était régulièrement visitée par des distributeurs de tracts publicitaires qui proposaient à chaque habitant des prédictions sur l'avenir annoncées par des voyants.

Tarots, boules de cristal, pendules, tout y était savamment répertorié, afin que l'éventuel client puisse faire son choix entre les différents modes de divination, les tarifs proposés et la tête du voyant que chacun pouvait contacter, soit par courrier, soit par téléphone.

À la ferme, je recevais ce genre de tract publicitaire que je m'empressais d'éplucher mot à mot avant de les cacher derrière des piles de vaisselle, pliés en quatre sous les assiettes. C'était le seul courrier que j'avais le droit d'ouvrir et de lire, toutes les autres lettres étant destinées à mon mari et à lui seul.

Un matin, une bohémienne surgit dans la cour de la ferme. Elle vendait des mouchoirs brodés et des napperons de dentelle qu'elle avait disposés dans un joli panier rond qu'elle portait sur la hanche.

C'est en la voyant qu'une sorte de voile s'est déchiré devant mes yeux. Lorsqu'elle m'a proposé ses mouchoirs, je lui ai expliqué que je ne pouvais rien lui acheter, car mon mari ne me laissait aucun argent. Sous le linge, la bohémienne avait dissimulé un pendule de bois d'olivier.

C'est en apercevant ce pendule qu'une autre image s'est imposée à ma mémoire. Ma mère guérissait souvent les voisins des fermes toutes proches à l'aide de son pendule. Ne l'appelait-on pas, à plusieurs kilomètres à la ronde, "la guérisseuse" ?

Immédiatement, une autre image s'est superposée à la première : et si, moi aussi, je m'essayais au pendule ?

Insensible au cours de mes pensées, la bohémienne, qui lisait aussi dans les lignes de la main, s'est emparée de ma main gauche en s'exclamant :

« – C'est bien ce que je pensais, ma fille, tu n'es pas heureuse ici, ils sont méchants avec toi, ce n'est pas ta vie... Mais ne t'inquiète pas, un jour, tu seras riche, tu partiras d'ici et la Sainte Vierge comblera tes désirs ! ».

Le temps de retirer ma main, la bohémienne avait déjà ramassé son panier et s'enfuyait en direction du sentier qui menait à la ferme voisine. Curieusement, cette prédiction rejoignait l'objet de mes supplications et de mes prières. Comme si j'avais pressenti depuis toujours que ma vie changerait du tout au tout, et qu'un beau matin, Dieu considérerait que, ma misère ayant assez duré, j'avais, moi aussi, droit au bonheur.

Enfermée à double tour dans ma petite pièce que j'aimais beaucoup et où je me recueillais souvent à la ferme, je savais désormais ce que je voulais récupérer à tout prix : le pendule de ma mère.

Pourquoi ne pas lui rendre visite sous un prétexte quelconque et en profiter pour fouiller la maison de fond en combles ?

Lorsqu'elle attendait la visite d'une personne malade, j'avais remarqué qu'elle montait précipitamment l'escalier avant la consultation… De là à déduire que le pendule était vraisemblablement caché dans sa chambre, il n'y avait qu'un pas. Sans doute dormait-il au fond du tiroir de sa table de nuit, là où elle cachait ses médications, ses pommades et ses huiles parfumées ?

Je décidai sur-le-champ de mener moi-même mon enquête, et ce dans le plus grand secret. Et si je lui réservais la semaine suivante une visite surprise ?

Après tout, cela faisait plus de seize ans que nous ne nous étions pas rencontrées !…

Chapitre III

LES PRÉLIMINAIRES...

Une fois arrivée chez ma mère, je me suis sentie mal à l'aise. Elle me regardait avec une telle indifférence que je me suis rappelé, d'un seul coup, toutes les méchancetés qu'elle m'avait fait subir au cours de mon enfance et de mon adolescence. Lorsque j'ai réclamé une tasse de café, elle a tourné les talons pour se diriger vers la cuisine. De là à bondir au premier étage pour chercher le pendule, la chose était complexe. Je me suis sentie tétanisée par la peur qu'elle s'aperçoive de mon absence, mais je n'ai pas eu à bouger.

Par chance, le tiroir du buffet de la salle à manger était entrouvert. Il fallait que je fasse vite, car ma mère pouvait très bien revenir dans la pièce pour surveiller mon comportement. C'est entre les cartes postales et les stylos que j'ai découvert une page de journal arrachée où étaient répertoriées quelques adresses de boutiques ésotériques dans la région. N'ayant pas le temps de recopier ces adresses, il me fallait dissimuler d'urgence la petite feuille que je glissai dans la poche de mon jupon.

Après avoir soigneusement refermé le tiroir, je m'assis sur le bord d'une chaise pour attendre le café que ma mère n'en finissait pas de réchauffer. Je me sentais mal à l'aise, guindée, et, dès qu'elle réapparut dans la salle, elle le sentit.

C'est en regardant son sourire mauvais que je me suis demandé ce que je faisais là, sur une chaise, à attendre sa tasse de café que, visiblement, elle ne voulait pas servir. Sans plus attendre, je me suis levée d'un bond et, prétextant un rendez-vous avec les enfants qui sortaient ce jour-là plus tôt de l'école, je l'ai quittée précipitamment et sans aucune explication....

Je suis rentrée chez moi avec le cœur battant, supportant mal d'avoir l'air d'une voleuse. Dire que j'avais rêvé un instant de subtiliser le pendule de ma mère ! Ce n'était pas le sien, qu'il me fallait, mais le mien !

Après avoir lu attentivement le petit papier dérobé dans le tiroir du buffet, je découvris qu'il était possible de commander un pendule par courrier... N'était-ce pas là une solution idéale, pour moi qui n'étais pas en mesure de quitter la ferme ?

Lorsque le fameux pendule arriva huit jours plus tard par la poste, une grande émotion me saisit. Après avoir serré contre mon cœur cette petite sphère de laiton suspendue à un fil, je lui ai dit : « Grâce à toi, je vais devenir riche ! »

Mais je compris vite que l'achat de ce pendule n'était qu'une première étape, et qu'il me fallait absolument commander le livre d'explications si je voulais apprendre son maniement. J'ai attendu d'avoir un peu d'argent, que je rognais sur le prix des achats alimentaires. Sou par sou, je réussis enfin à réunir la somme nécessaire à l'achat du petit livre qui allait me délivrer la clé de l'énigme. Cela retarda mes premières expériences d'une quinzaine de jours.

Après avoir reçu ce livret, j'entrepris de le lire, mieux, de le dévorer. Il me semblait qu'une grande énergie passait à travers moi, et lorsque je commençai à balancer le pendule au bout de son fil, je sentis qu'il était en harmonie avec le meilleur de moi-même. C'est alors que j'ai découvert que le pendule suivait le cours de la pensée, et qu'il répondait parfaitement aux questions que je lui posais. J'étais sidérée. Je pressentais que tous mes ennuis pouvaient se résoudre grâce aux conseils de ce pendule.

Pourquoi n'aurais-je pas obtenu les miracles demandés grâce à ce petit objet ? N'était-ce pas un cadeau de la Providence, ce pendule magique ?

Je commençai donc le travail de concentration psychologique préalable à tout vrai travail pendulaire. Le plus difficile, au début, consistait à faire le vide dans mon esprit afin d'accéder à cet état de forte concentration recommandé par le petit livre comme une condition impérative pour obtenir la bonne réponse aux questions posées.

Ce fut par un bel après-midi d'automne tardif que je décidai de travailler sérieusement ma concentration. Pour cela, je m'étais installée devant la table de ma cuisine. C'était là où je me sentais le mieux. Après avoir choisi un jeu de cartes ordinaire, j'ai disposé quatre à six cartes sur la table, faces cachées. Tout en soulevant mon pendule d'environ dix centimètres au-dessus de la première carte à droite de la rangée — il fallait travailler de droite à gauche — j'ai formulé ma première question :

« – Est-ce que cette carte est de couleur rouge ou noire ? »

J'ai obtenu une réponse rapide et positive. C'était une carte rouge.

Ensuite, j'ai posé une seconde question :

« – Est-ce une carte de cœur ou de carreau ? »

J'ai reçu une autre réponse, qui, elle aussi, était exacte. Il s'agissait bien d'une carte de carreau rouge.

Là, je me suis sentie transportée de joie.

Immédiatement, je me suis dit : « Cette fois, c'est gagné,

avec un peu de travail quotidien, je suis sûre de devenir riche ! »

Tandis que le pendule tournait et que j'accumulais bonnes et mauvaises réponses, je fis le compte de mes premiers succès au pendule : ce soir-là, j'avais reçu de lui trois bons résultats sur cinq questions posées. Ce premier essai était réussi.

Pourquoi a-t-il fallu ensuite que je me souvienne de tous les épisodes d'un passé que je ne parvenais pas à oublier ? Les premières fessées à main nue, les coups de fouet avec le long tuyau de la trayeuse, les raclées avec la brosse à laver le linge qui avaient plu sur moi comme des éclats d'obus à Gravelotte.

Ma mère, qui me détestait tellement qu'elle m'avait baptisée « l'oie », un sobriquet qui faisait rire tout le monde à mes dépens et qui m'a suivie jusqu'à mon mariage à dix-neuf ans. Pourquoi ne m'a-t-elle jamais embrassée et aimée, cette mère que je ne comprenais pas à mesure que le temps passait…

Heureusement que j'ai eu une amie : la nature.

Le chant des oiseaux calmait mes colères et la rage qui, par instants, me ravageaient le cœur. Le bruit des ruisseaux, le vent dans les grands arbres, les fleurs des champs, l'odeur enivrante du foin coupé, tout cela m'a accompagnée sur la route du pensionnat religieux où ma mère m'avait placée pour mieux « me dresser ».

Même après ce mariage désastreux où je me suis attelée à un destin contraire, comme un bœuf l'est à sa charrue, toute mon enfance a été bercée par la nature et les animaux. Je me souviens aussi de l'écoute attentive que j'avais, à chaque fois que j'entendais des cantatrices qui chantaient à la radio, pendant que je faisais le ménage ou la vaisselle… Cela devait durer jusqu'à l'âge de dix-neuf ans.

Il avait fallu qu'une bohémienne entrât dans la cour de la ferme pour que je réalise que tout pouvait changer pour moi et qu'effectivement, j'étais destinée à la richesse et non pas seulement aux travaux ménagers...

Je me levais tous les matins à cinq heures, et, une fois les tâches de la journée bien entamées, j'attendais impatiemment que les hommes partent vers leurs occupations. C'était l'heure pour moi de préparer le petit-déjeuner, la maison étant redevenue paisible.

J'attendais, dans le plus grand secret de ma cuisine, le lever des enfants vers 7 heures du matin. Là, je pouvais travailler en toute quiétude avec mon cher pendule. Puis, c'était l'heure consacrée aux enfants, les petits-déjeuners, la toilette, le départ à l'école toute proche...

À 8 heures du matin, les hommes rentraient à la ferme après avoir fini de traire les vaches. Je préparais leurs petit-déjeuners et je les servais en silence.

Un peu avant 9 heures, ils repartaient travailler et je jouissais d'une heure environ de semi-liberté. Cette heure-là, je la consacrais à mon cher pendule, juste avant de renouer avec les travaux domestiques et la préparation du déjeuner...

Après le repas de midi et le départ des hommes pour de nouveaux travaux, je m'octroyais une petite sieste qui me mettait en condition pour reprendre mon travail de concentration pendulaire, sans oublier les tonnes de conserves que je fabriquais chaque année pour préparer l'hiver.

Le soir, après avoir mis en route les machines à laver et servi les hommes à table suivant un rituel aussi morne qu'immuable, j'attendais que les enfants soient endormis et que les hommes rejoignent les fermiers des maisons voisines pour jouer aux cartes. Je savais qu'ils ne rentreraient pas avant minuit, et cela me donnait trois bonnes heures de tranquillité pour continuer mon autre travail, le vrai, celui qui allait enfin me rendre riche.

C'est ainsi que j'ai délimité mes deux plages horaires pour travailler en paix : la première se situait entre 6 heures et 7 heures du matin et la seconde entre 20 heures 30 et 23 heures. Ce fut pour moi la découverte d'une sorte d'échappatoire qui me permit de « tenir », mais aussi d'espérer, car cette activité secrète, j'allais très rapidement l'appliquer aux jeux de hasard.

Le jeu à la mode étant le “tac'o'tac”, je commençais à m'entraîner sur ses terminaisons gagnantes. J'enregistrai là mes premiers gains, car mon pendule m'ayant indiqué les premières terminaisons gagnantes, je commençai à prendre confiance en moi et en lui.

Ces premiers billets de banque soigneusement pliés, que je dissimulais dans mes livres et mes partitions de musique ou derrière les piles de linge dans l'armoire, devaient me procurer une seconde chance : je réussis à m'offrir quelques premiers cours de chant à Verdun. Le conservatoire de Metz devait venir beaucoup plus tard, lorsque mes modestes bénéfices allaient grossir.

En effet, depuis l'enfance, je rêvais de devenir une grande “soprano” dramatique, telle Maria Callas que j'admirais pour son courage et son chemin de vie. Certes, j'étais consciente que je n'arriverais jamais à sa gloire et à sa réussite, mais cela ne m'empêchait pas de continuer à rêver en regardant sa photo et en l'écoutant chanter…

Mais revenons à mon pendule, ce cher petit objet de coût modique, qui m'a permis, tout doucement, de réaliser mes rêves les plus fous…

Au fait, savez-vous ce qu'est un pendule et quelle est sa véritable histoire ?

Chapitre IV

BREF HISTORIQUE DU PENDULE À TRAVERS LES ÂGES...

Un peu d'histoire

Il y a plus de 4000 ans, les Égyptiens enfermèrent à l'intérieur de leurs sarcophages, eux-mêmes enterrés au cœur des pyramides, toutes sortes d'instruments susceptibles de les aider dans la recherche et la pratique des arts divinatoires. Ainsi furent enfouis à jamais baguettes et pendules...

Quant aux Chinois, 2500 ans avant Jésus-Christ, ils connaissaient fort bien les méthodes pour découvrir les sources et les gisements miniers. Si l'on en croit une multitude de textes de la mythologie grecque, les Anciens semblaient donc posséder parfaitement les vertus de cette baguette qui leur permettait de découvrir des trésors.

Dans la Bible, on peut également trouver de nombreux utilisateurs de morceaux de bois, bâtons ou autres instruments qui évoquent l'art divinatoire propre à guider les anciens sur les chemins de la découverte.

Considérée comme une pratique occulte, la baguette disparaît pendant des siècles pour ne réapparaître que vers 1650, dans le monde de la recherche au niveau des gisements et des minerais. Chaque sourcier reste évidemment muet sur la pratique personnelle de son instrument et sur sa méthode la plus prolifique.

Plus tard, l'exemple célèbre des époux Beausoleil permit au roi Louis XIV d'obtenir une carte de France complète qui comportait les localisations exactes de plusieurs dizaines de mines et de sources. Leurs pouvoirs devenant inquiétants, les Beausoleil terminèrent leurs jours en prison…

En conclusion, on peut dire que les Anciens utilisèrent surtout le pendule pour découvrir des trésors cachés ou disparus, pour localiser des sources et des cours d'eau, pour retrouver la trace de personnes disparues et, plus tard, pour des recherches météorologiques. Il en fut de même pour préparer les batailles de guerres célèbres, la position des armées pouvant être détectée avant d'improviser le plan de bataille susceptible de mener les troupes à la victoire. Les Romains en firent également un usage précieux qui élevait au rang de "sages" ceux qui pratiquaient avec succès les arts divinatoires…

Le pendule

Il s'agit d'un objet de laiton ou de bois, ou d'un mélange des deux, qu'il est possible de fabriquer soi-même, à condition que ce pendule contienne toujours soit du fer, soit un matériau conducteur de magnétisme.

Sa forme évoque généralement celle d'une toupie, mais il peut également exister sous la forme d'un losange, d'un hexagone ou d'une autre figure géométrique. Le pendule, généralement fixé par une chaîne de laiton, peut également être attaché à une simple ficelle ou à une chaînette, ce qui permettra de le tenir du bout des doigts et ainsi de mieux pratiquer le balancement de l'objet.

Pratique du pendule

Pour moi qui possède à ce jour une véritable expérience dans ce domaine, le pendule n'a rien à voir avec la chance ou le destin. C'est, au départ, un don reçu de Dieu, qu'il est possible de développer par une profession de foi, dans un domaine aussi vaste que la prière ou la méditation, mais aussi par le respect et la mise en pratique de la justice, de la morale et de l'honnêteté.

Il ne suffit pas d'acheter un pendule, un livre et de s'exercer, encore faut-il cultiver un cœur pur et mener une vie saine, au contact de la nature et de l'univers.

Voici venu pour moi le moment de vous livrer le secret de ma méthode et la façon d'obtenir les meilleurs résultats possibles avec le maniement d'un pendule... votre pendule !

Chapitre V

PRATIQUE DU PENDULE...

La concentration

En priorité, vous devez vous exercer à faire le vide dans votre esprit et dans votre cœur. Que vous vous exerciez au-dessus de cartes à jouer, de terminaisons de chiffres, de pièces de monnaie ou de cartes géographiques, ce vide est indispensable si vous voulez obtenir de votre pendule une réponse authentique et vérifiable.

Les conventions mentales

Le pendule peut tourner dans le sens des aiguilles d'une montre pour indiquer le "oui", c'est-à-dire donner une réponse positive et favorable. Il faudra également envisager la possibilité qu'il puisse tourner dans le sens contraire en indiquant la même réponse positive. Seul le balancement latéral de haut en bas ou horizontal de gauche à droite signifie un "non" absolu. Cette réponse négative ou foncièrement défavorable doit toujours être prise en considération.

Toutes les méthodes d'utilisation du pendule dépendent des conventions mentales qui s'instaurent entre le pendule et son utilisateur. Chacun est libre de découvrir une méthode personnelle qu'il sera le seul à utiliser. C'est peut-être la raison pour laquelle la personne qui a volé mon pendule après avoir été informée de mes gains au tac'o'tac n'a eu aucun succès dans le village où cet événement s'est déroulé... Du moins, pas à ma connaissance !

Les différentes applications du pendule

A – Les jeux de cartes

Dans ce domaine des cartes à jouer, non seulement le résultat est immédiat, mais il est facile de contrôler l'évolution de ses progrès. Comme je l'ai déjà raconté, j'ai commencé par la recherche de la couleur des cartes : noire ou rouge.

Puis j'ai recherché la valeur des cartes et leur catégorie : trèfle ou pique pour les noires, carreaux ou cœurs pour les rouges.

Après plusieurs mois d'entraînement intensif, je peux dire qu'une fois sur dix, j'ai trouvé le bon résultat. Ensuite, j'ai amélioré mon taux de réussite qui est passé à neuf bons résultats sur dix essais, ce qui était pour moi un vrai succès.

Au fur et à mesure que je prenais de l'assurance et que la confiance en moi s'installait, j'ai commencé à subdiviser chaque couleur en deux : pour la couleur noire, je recherchais s'il s'agissait de pique ou de trèfle, tandis que pour la couleur rouge, j'essayais de détecter s'il s'agissait de cœur ou de carreau.

Bien entendu, la difficulté était grandissante, et j'avais à présent une chance sur quatre de me tromper et 25 % de chance de réussite.

Après de longs moments de concentration, mon pendule a réussi à me fournir plus de 90 % de bonnes réponses…

En pratique, après avoir retourné ma série de douze cartes — faces cachées — sur la table, je commençais à balancer mon pendule au-dessus des cartes en lui posant une question précise :

« – Est-ce une carte noire ou une carte rouge ? »

À plusieurs reprises, je reposais la même question, afin d'entraîner mon pendule à me répondre.

Lorsque j'étais sûre qu'il me donnait la bonne réponse, par exemple “noire”, je posais la deuxième question :

« – Est-ce un pique ou un trèfle ? »

Attention, il ne s'agit, en aucun cas, d'influencer le pendule en pensant, comme le font certaines personnes adeptes des réussites aux cartes, que le trèfle correspond à l'argent et le pique aux ennuis… Le pendule doit être un instrument autonome, c'est-à-dire qu'il doit impérativement conserver sa liberté de pensée et d'action qui correspond au prolongement de la nôtre.

B – Les pièces de monnaie

Tout de suite après mon entraînement avec les cartes à jouer, j'ai essayé de rechercher la valeur des pièces ainsi que leur inscription faciale.

J'ai commencé par un entraînement sur dix pièces à la fois. Il me fallait détecter, grâce à mon pendule, le côté pile et le côté face de chacune d'entre elles. Les yeux clos, j'ai tenté, durant des heures, de découvrir la valeur de chaque pièce. Je suis vite arrivée à obtenir dans ce domaine un taux de 100 % de réussite. Cela constituait un véritable défi aux lois mathématiques selon lesquelles dix lancers de pièces devraient en principe donner cinq côtés pile et cinq côtés face. Bizarrement, je ne trouvais jamais ce résultat, mais plutôt des pourcentages différents, quel que soit le lancer de pièces choisi et sélectionné par mes soins.

Quand je ne lançais pas les pièces, je les extrayais de mon porte-monnaie pour les voir, je les disposais sur la table, les yeux fermés, et je commençais le travail du pendule pour trouver leur côté apparent, face à moi, c'est-à-dire pile ou face.

Durant de longs mois, j'ai continué à m'entraîner, tant sur les cartes à jouer que sur les pièces de monnaie, parfois séparément, souvent en alternance... Non seulement il s'agissait pour moi d'exercices indispensables à mon esprit et à ma mémoire, mais cette pratique du pendule appliquée aux objets m'aidait à avancer à pas de géant vers d'autres applications que je pressentais comme autant de moyens de devenir riche... car telle était toujours mon ambition !

C – Le tac'o'tac

Au départ, le jeu du tac'o'tac m'a beaucoup intéressée, car il comportait un tirage chaque semaine à la télévision. Avec mon pendule, j'ai d'abord commencé à rechercher la dernière terminaison des chiffres de 0 à 9 qui me permettrait au moins d'obtenir le remboursement du ticket acheté. J'inscrivais sur une feuille blanche tous les numéros de 0 à 9, puis je balançais le pendule au-dessus de chaque numéro pour savoir quelle terminaison finale allait sortir à la fin de la semaine pour le mercredi suivant.

Tout en faisant cela, je murmurais à voix basse :

« – Est-ce que le numéro 0 sera le dernier numéro figurant sur le billet de tac'o'tac de la semaine prochaine ? »

Puis je posais la seconde question, découlant de la première :

« – Obtiendrai-je ainsi le remboursement de ma mise ? »

Je répétais cette double question plusieurs fois... Puis je recommençais l'opération sur chaque chiffre unitaire de 1 à 9, jusqu'à ce que je sois certaine de posséder le dernier numéro inscrit sur le billet de tac'o'tac gagnant.

Pour trouver l'avant-dernier numéro, je refaisais les mêmes opérations en reposant les mêmes questions. Cela me permettait de découvrir les deux numéros terminant le billet gagnant du prochain tirage.

Ensuite, je me rendais chez le buraliste pour y acheter un billet comportant les deux derniers chiffres que mon pendule avait désignés comme gagnants. Hélas, lorsque j'ai voulu pousser mes investigations pour trouver les trois chiffres terminant un billet de tac'o'tac, j'ai tout de suite réalisé que la recherche serait plus ardue. Et même lorsque je les dénichais, ces trois derniers numéros gagnants, je n'avais pas toujours la possibilité de faire le tour des buralistes susceptibles de me vendre le ticket comprenant les trois fameux derniers chiffres.

Même si les sommes gagnées se révélaient plutôt minimes, cela ne m'empêchait pas d'utiliser mon pendule de façon permanente. Sans doute pressentais-je que cette méthode d'application, pratiquée de façon intensive et régulière, m'entraînerait sur le chemin de la richesse et de la liberté ?

Le loto n'allait pas tarder à balayer le tac'o'tac, bouleversant toutes les habitudes des joueurs, parce qu'il leur fournissait l'opportunité de gagner gros.

Cette naissance du loto allait consacrer le début de ma vraie réussite en matière de jeu, et surtout de gains….

Chapitre VI

LE LOTO...

1 - Le grand départ

En 1976, la Loterie nationale lance sur le marché un nouveau jeu qui va faire rêver toute la France : il s'agit de découvrir 6 bons numéros parmi les 49 premiers chiffres proposés de 1 à 49. À cette époque, un tirage unique a lieu le mercredi soir. Peu importe qu'ils sortent dans l'ordre ou dans le désordre, l'essentiel consiste à détecter les six bons numéros qui seront choisis, puis joués. Pour les joueurs qui ont trouvé seulement cinq bons numéros, des lots de compensation existent.

De même pour les gagnants qui ont trouvé quatre ou même trois bons numéros. Le gros lot est, évidemment, réservé aux gagnants des six numéros trouvés et cochés du premier rang.

Moi qui possédais à mon actif plusieurs années de pratique du pendule dans le domaine des jeux de hasard, j'ai tout de suite entrevu dans la naissance de ce nouveau jeu la porte qui m'ouvrirait la voie de la richesse et de la liberté.

Dès la mise en service de ce jeu, j'ai commencé à m'entraîner sur les bulletins de loto. Dès la troisième semaine, j'ai perçu quelques gains qui, déjà, remboursaient ma mise de départ.

Semaine après semaine, j'ai rapidement récolté quelques bénéfices substantiels dont je dissimulais soigneusement le montant à mon entourage. A quoi bon éveiller soupçons et jalousie ?

Pratique du pendule appliquée au loto

A – Préparation

Il faut tout d'abord choisir, à l'intérieur de votre maison, un endroit où vous vous sentez bien, loin de toute agitation, afin de pouvoir travailler dans une atmosphère paisible. Pour se préparer à une bonne concentration, il est également impératif de se sentir parfaitement détendu, d'avoir la pensée libre de toute préoccupation, et d'apprendre à faire le vide dans son esprit.

Choisissez quelques bulletins de loto, et inscrivez sur une feuille blanche les numéros du loto de 1 à 49. Découpez ensuite la feuille selon les 49 numéros que vous avez inscrits, et déposez-les sur votre table de travail en les espaçant légèrement.

Attention, il faut les placer exactement comme ils le sont sur la grille du loto !

B – Concentration pendulaire

Prenez le fil ou la chaîne du pendule entre le pouce et l'index. Le fait d'être droitier ou gaucher n'a aucune importance, l'essentiel est de bien ressentir votre geste durant la préparation.

Vous êtes maintenant prêts à démarrer votre recherche : à vous de tester, l'un après l'autre, les numéros du loto que vous aurez préalablement disposés sur la table… Sans ordre de préférence, vous évaluerez l'intensité des vibrations du pendule au-dessus de chaque numéro, en pensant très fort à la date du prochain tirage. Cette pensée-là est capitale, car c'est elle qui va vous permettre de favoriser un numéro plutôt qu'un autre.

Pour mieux tester chaque numéro, positionnez votre pendule au-dessus d'un numéro — par exemple le 9 — pour un tirage prévu le 25 février prochain, et posez lui la question suivante, tout en continuant à penser très fort à la date du 25 février :

« – Le numéro 9 va-t-il sortir le 25 février prochain ? »

C – Premiers essais et premiers résultats

Lorsque vous posez la question qui vous intéresse, la concentration ne doit jamais se relâcher. Vous devez rester ainsi jusqu'au moment où le pendule vous fournira une première réponse.

Cette première réponse, vous l'obtiendrez après observation du résultat, selon que le pendule balance dans un sens ou dans un autre, en accord avec la convention mentale que vous vous êtes fixée.

Si votre pendule tourne dans le sens des aiguilles d'une montre, ou bien dans le sens contraire, en tout cas en rond, c'est que la réponse est positive.

Dans le sens latéral, horizontal ou vertical, la réponse est négative.

Prenez alors ce numéro — par exemple le 9 — et inscrivez-le sur une autre feuille blanche, afin de le reprendre plus tard pour un complément d'analyse.

D – Complément d'analyse

Imaginons que vous ayez trouvé 12 numéros positifs et 37 numéros négatifs. Il va falloir que vous repreniez les numéros positifs, en positionnant le pendule au-dessus de chacun d'entre eux, avec une concentration encore plus intense sur la date du prochain tirage.

Ensuite, vous reposerez la même question :

« – Le numéro 9 est-il réellement bon pour le tirage du 25 février prochain ? »

Et ainsi de suite jusqu'à épuisement des numéros positifs, afin qu'il ne reste en lice que les six numéros à inscrire dans les cases d'une grille simple.

Pour les joueurs qui préfèrent ou peuvent s'offrir des mises supérieures à 6 numéros, il leur faudra renouveler l'opération de complément d'analyse jusqu'à ce qu'ils aient atteint les dix numéros de la mise maximale.

E – Affinage

Imaginez que vous ayez trouvés 6 à 10 numéros susceptibles de sortir lors du prochain tirage. Il va falloir maintenant les affiner avant de les confirmer. Après avoir rassemblé la totalité des numéros positifs sur une autre feuille blanche, vous allez passer le pendule au-dessus de l'ensemble du jeu en demandant :

« – La totalité de mon jeu est-elle la bonne pour le prochain tirage du 25 février prochain ? »

Lorsque ce travail de tri est terminé, vous aurez sélectionné environ 4 bons numéros sur les 10 faisant partie du jeu, ayant ainsi regroupé les chiffres positifs présélectionnés.

S'il vous manque des numéros pour compléter votre jeu (minimum 6 numéros et maximum 10 numéros), vous devez absolument reprendre à partir du paragraphe B intitulé « concentration pendulaire », mais seulement après une période de repos selon votre forme du moment. Il est impératif de ne pas se forcer à travailler lorsqu'on se sent fatigué, car cet état de lassitude fausserait tous les résultats. Évitez également toutes les formes de stress, totalement incompatibles avec le mouvement du pendule…

F – Confirmation

Il va s'agir maintenant de confirmer les chiffres susceptibles de figurer parmi les numéros gagnants. Les quatre numéros sortis du dernier tri sont analysés séparément, en repassant le pendule au-dessus de chacun d'eux, tout en reposant la question :

« – Ce numéro est-il définitif ? Ou bien existe-t-il une attirance autour de la même terminaison ? »

Par exemple, pour le numéro 9, est-il directement gagnant ou bien est-il attiré par d'autres chiffres se terminant par un 9 comme le 19, le 29, le 39 ou le 49 ?

Deuxième hypothèse, encore plus subtile :

« – Ce numéro 9 est-il être attiré par d'autres numéros proches de lui tels que le 8 ou le 10 ? »

Il va donc falloir que vous recommenciez la même analyse pour chaque numéro sélectionné au premier et au second tri, sans oublier que plus on prolonge cette recherche des numéros gagnants, plus on doit développer une forte concentration…

Si cela vous fatigue trop, n'hésitez pas à interrompre votre travail pour prendre un temps de repos ! Suite à cette décompression, votre recherche pendulaire n'en sera que plus efficace et plus précise…

G – Inversion avant résultats définitifs

Selon l'état de la personne qui travaille et son degré de concentration, il arrive que les chiffres détectés comme possibles ne sortent pas au tirage. C'est à ce moment que va se poser la délicate question de l'inversion, et, avec elle, la remise en question de toutes les données acquises jusqu'alors…

Vous pouvez par exemple vous demander :

« – Suis-je en présence d'un 21 ou de son inverse, le 12 ? »

Puis :

« – Suis-je en présence d'un 23 ou bien de son inverse, le 32 ? »

Sincèrement, je peux vous avouer que cette ultime analyse avant l'affichage des résultats définitifs s'avère parfois très difficile.

Pourquoi ? Parce que si le chiffre 12 devient, après balancement du pendule, le 21, il va vous falloir vérifier les nouvelles attirances, comme nous l'avons expliqué dans le paragraphe précédent. Par contre, si, après analyse, le chiffre 12 devient son inverse, le 21, et qu'il coexiste avec son inverse, le 12, sans pour autant le remplacer, vous pouvez en déduire que toutes les attirances autour de ces deux chiffres deviennent possibles.

Ainsi le 12 peut-il devenir le 2, le 22, le 32 ou le 42... mais aussi le 11 ou le 13.

Quant au 21, il peut devenir le 1, le 11, le 31 ou le 41... mais aussi le 20 ou le 22 !

Comme vous pouvez le constater, le numéro 22 entre en compétition avec deux chiffres inversés : le 12 et le 21.

H – Résultats quasi définitifs

Arrivés à ce point de l'analyse, vous pouvez aligner les numéros définitifs qui font partie d'un lot susceptible de figurer parmi les numéros gagnants du prochain tirage. Toutefois, il faut garder présent à l'esprit que seule une préparation calme, assortie d'une forte concentration, vous amèneront aux premiers essais concluants.

Si vous ne sautez aucune étape, si vous respectez scrupuleusement les premiers essais, les résultats de présélection, le complément d'analyse et l'affinage, nul doute que vous déboucherez — lentement, mais sûrement — sur le succès final.

Prenez garde, car il arrive parfois que certains numéros, détectés dans la première sélection pour un tirage proche, sortent la semaine suivante ou quinze jours plus tard. Il est donc essentiel de conserver tous vos travaux d'analyse, afin de pouvoir les étudier à nouveau le moment venu...

Enfin, lorsque vous aurez le sentiment d'avoir bien travaillé, et que vous serez arrivés au bout de votre analyse, c'est-à-dire lorsque votre concentration sera redescendue à son point zéro, le pendule cessera de tourner et vous serez alors autorisés à cocher les numéros trouvés sur le bulletin du loto...

Attendez sereinement les résultats du tirage, et quels qu'ils soient, conservez intacte votre confiance en vous-même et en votre pendule.

N'oubliez jamais que tous les résultats, même modestes, ne servent qu'à mieux affiner et à parfaire votre méthode. Méthode qui deviendra, j'en suis sûre, de plus en plus efficace au fur et à mesure que le succès couronnera vos efforts.

N'est ce pas un peu ce qui m'est arrivé ?

Chapitre VII

COMMENT JE SUIS DEVENUE MILLIARDAIRE...

Le champ magnétique

Je l'ai déjà mentionné, ma vie de couple fut un désastre. Il était par conséquent impensable que je raconte à mon mari mes activités pendulaires qui auraient entraîné de multiples questions concernant le montant de mes gains. Par dessus tout, je tentais de sauvegarder une sorte de tranquillité ambiante, qui, même factice, me semblait préférable aux cris, aux humiliations, et surtout à la féroce jalousie qui s'était installée entre les membres de la famille…

Notez bien qu'il est primordial de pouvoir s'entraîner au quotidien, dans une ambiance de relative sérénité, plutôt que de sauter une journée au cours de laquelle on n'aura pas trouvé le moindre moment de paix pour travailler. C'est la persévérance au quotidien qui se révèle payante, et uniquement la persévérance !

Même lorsque tout semble optimal pour travailler en paix, il suffit d'un rien pour que la concentration entamée se voie perturbée. Une sonnerie, un bruit intempestif, et le numéro que le pendule était sur le point de détecter s'efface pour ne plus se représenter... Tenez, il suffit d'un ami bien intentionné qui vous téléphone pour bavarder quelques instants avec vous... Une fois la conversation terminée, je peux vous assurer que vous revenez à votre table de travail en ayant tout oublié. Non seulement votre concentration s'est diluée, mais vous n'êtes pas certains de la retrouver intacte, du moins le jour même...

Dans ce cas, un conseil : attendez le lendemain pour reprendre votre travail de recherche.

Après avoir soigneusement choisi le meilleur moment de votre journée et la pièce qui vous semble le plus indiqué, vous pourrez commencer le travail de concentration.

Un conseil : sachez vous arrêter lorsque vous sentirez la fatigue vous gagner. En fait, ce travail pendulaire réclame une telle énergie qu'il serait bien illusoire de vouloir lui adjoindre d'autres activités parallèles. Évitez même de faire bouillir de l'eau, car vous seriez obligés de vous interrompre pour aller l'éteindre ! Même ce simple geste, pourtant moins long qu'une conversation téléphonique, suffirait à décharger votre effort de concentration.

Attention également aux énergies contraires et aux ondes négatives qui peuvent fort bien vous entourer et circuler dans votre champ magnétique de travail. Par exemple, quelqu'un de votre entourage, un ami ou un proche, le facteur ou un livreur viennent sonner à votre porte et pénètrent dans votre maison. Durant ce passage, même éclair, il va déposer ses propres ondes qui reflètent fidèlement son état d'esprit. Si cette personne est négative, quelle que soit la raison de son attitude, elle laissera derrière elle un courant magnétique qui subsistera dans votre environnement.

Si vous n'êtes pas suffisamment clairvoyant pour capter ces ondes et les refouler, soyez sûrs qu'elles resteront là et s'installeront en maîtresses chez vous. Au cas où vous souhaiteriez, après le passage du gêneur, reprendre votre travail de concentration, rappelez-vous l'effet de la dernière visite et de la mauvaise ambiance qui en a résulté. Ceci afin d'analyser la surcharge déposée dans l'air qui pourrait bien fausser tous vos calculs !

Si jamais vous captiez certaines ondes négatives, ne commencez aucun travail au pendule avant d'avoir nettoyé votre environnement : ouvrez les fenêtres, déplacez certaines chaises, une table ou un fauteuil. Parfois il vous faudra même aller jusqu'à changer de vêtements.

Vous pouvez également réagir en parfumant la pièce où vous souhaitez travailler en paix, avec une senteur plus ou moins pénétrante, tout en diffusant un morceau de musique en harmonie avec votre état d'âme du moment. Optez pour un morceau de musique classique si vous êtes d'un naturel rêveur ou nostalgique, un air de musique "rock" ou "disco" si vous souhaitez vous mettre un peu en mouvement avant de vous asseoir à votre table, et vous constaterez vite que l'atmosphère ne va pas tarder à se modifier au niveau de son énergie interne...

Si, après toutes ces précautions, vous ressentez un dérangement ou une gêne, si un poids pèse sur votre poitrine, si le stress continue de vous tenailler, changez de pièce ou reportez votre activité à plus tard ! Il se pourrait que la charge des ondes négatives ait été tellement forte qu'elle a transformé subitement votre énergie initiale en énergie contraire, ce qui fausserait considérablement toute votre activité de concentration, et, ce qui est plus grave, les résultats fournis par le pendule.

Mais qu'appelle-t-on "énergie contraire ?"

Dans le cadre de notre recherche, l'énergie contraire se manifeste lorsque votre pensée, après avoir changé de champ d'activité, se retrouve incapable de détecter les numéros gagnants. Vous allez vous sentir submergé par des idées tristes, comme si les ondes négatives de votre visiteur avaient réussi à générer dans votre esprit ce qu'il est courant d'appeler des "énergies contraires". Dans ce cas, rien de positif ne peut plus être envisagé, le pendule n'est plus en état d'évoluer librement et votre champ magnétique est devenu inutilisable…

La réflexion pendulaire n'étant rien d'autre que le prolongement même de la pensée, il est essentiel que les mouvements de votre pendule soient exécutés sans la moindre contrainte, donc dans un champ magnétique dégagé de toute onde négative.

Progressivement, il va falloir absolument que vous preniez conscience que votre pouvoir sur le pendule est immense. Lorsque vous serez suffisamment expérimenté, vous vous entraînerez à contrôler les oscillations du pendule. Au début, c'est tout à fait surprenant, puis on s'habitue au phénomène. Si votre pendule oscille latéralement de gauche à droite ou de bas en haut, à la verticale, il vous annonce une réponse négative à la question que vous lui avez posée.

Attention, vous pourrez toujours influencer votre pendule en lui ordonnant une inflexion de mouvement rotatif, et le pendule vous répondra en tournant, ce qui transformera la première réponse négative en seconde réponse positive.

Avez vous bien compris votre intérêt de travailler dans une pièce dénuée d'ondes nocives, et avec une pensée soigneusement dégagée de toute mauvaise influence ?

L'avantage du loto sur les autres jeux, c'est que l'ordre de sortie des numéros trouvés n'a aucune importance et surtout aucune influence sur les rapports de gains.

Que vous trouviez d'abord les unités, les dizaines, les vingtaines, les trentaines ou les quarantaines n'a aucune importance. Le cadre de travail reste le même, c'est-à-dire un lot de 49 numéros et la recherche doit porter sur les 6 numéros gagnants, plus le numéro complémentaire.

Il est vrai que la découverte de trois bons numéros ne représente pas un franc succès, mais dites-vous que si vous avez réussi à trouver ces 3 numéros, et ce à plusieurs reprises, c'est un excellent départ pour pousser plus loin vos recherches. Avec un peu d'entraînement, vous réussirez à découvrir quatre numéros gagnants, et là, vous réaliserez que votre technique s'améliore et que les rentrées d'argent commencent à rembourser vos mises, ce qui n'est pas négligeable, loin de là.

Au moment où vous trouverez cinq numéros gagnants, vous serez autorisés à vous propulser mentalement sur la voie de la richesse...

Si vous trouvez cinq bons numéros régulièrement, pas forcément dans l'ordre, ce sera un signe que votre concentration est devenue excellente, et que vous pouvez vous attendre à tout moment à une merveilleuse surprise !

Il est vrai que ce fameux sixième bon numéro, qui va faire de vous — en une fraction de seconde — un millionnaire ou un milliardaire, prend une importance capitale.

Si vous suivez fidèlement les étapes du travail pendulaire, vous verrez cependant que la découverte de ce terrible sixième numéro relève du grand art !

Imaginez que le 13 ait été détecté par votre pendule comme le sixième numéro gagnant... Hélas, au tirage, c'est le 31 qui sort ! Vous avez été tout simplement victime d'un manque d'insistance dans le travail sur les inversions...

Attention, car il peut sortir en même temps deux numéros, le 13 et le 31, et dans ce cas, vous devrez faire un choix entre les deux ou bien conserver les deux numéros.

Toute cette analyse sert à traquer les chiffres justes, en passant du réel à l'exercice profond de la pensée qui voyage avec le pendule, en jonglant avec les numéros comme autant de reflets de ce mouvement pendulaire qui va immédiatement être transmis à votre cerveau, et ce en permanence pendant votre travail de concentration.

J'ai connu le loto en mai 1976, à l'époque où il n'existait qu'un seul tirage hebdomadaire le mercredi. Les chances de gagner se voyaient donc concentrées sur une seule période possible, à une heure précise de la soirée, cinq minutes avant le journal télévisé, sur la première chaîne de télévision.

Un travail intensif était nécessaire pour décrocher les bons numéros, et, en cas de perte, il me fallait encore attendre une longue semaine pour tenter une autre chance au prochain tirage.

Aujourd'hui, tout est différent, puisqu'il existe deux journées de jeu et deux tirages par journée. Deux tirages le mercredi et deux tirages le samedi, cela fait quatre nouvelles occasions par semaine de tenter sa chance. Sans oublier les jours où sont proposées aux joueurs quelques super-cagnottes, ce qui augmente encore les possibilités de gains…

Attention, car, avant le grand départ, nous allons affiner ensemble votre préparation à une bonne pratique du pendule… Ce n'est pas en lisant un paragraphe d'une dizaine de lignes que vous vous préparerez consciencieusement au travail pendulaire susceptible de faire de vous… une milliardaire !

À moi maintenant de vous expliquer en détail comment procéder…

Choix du lieu de travail et mise en condition

Où allez-vous vous installer pour un maximum d'efficacité ? Avant même de vous mettre en quête de cet endroit, demandez-vous si vous avez très envie d'être riche. Concentrez-vous par exemple sur l'achat d'un objet ou d'un vêtement qui vous aurait fait plaisir, mais que vous n'avez pas été en mesure de vous offrir, faute de moyens financiers.

Si le besoin souligne le manque d'un objet désiré, l'envie indique une pulsion d'achat à laquelle vous ne pouvez pas encore céder, par manque de moyens. Quant au désir, lui, il va correspondre à un vœu plus fort, plus impérieux, qui va vous pousser à acquérir un objet temporairement inaccessible parce que trop cher pour votre bourse.

À vous de faire naître en vous le déclic nécessaire en vous persuadant que vous allez — grâce à votre gain au loto — vous acheter cet objet dont vous rêvez...

Sitôt ce déclic enregistré, vous pouvez être certain que vous êtes conditionné pour gagner !

Si, par malheur, vous ressentez, même une fois, un doute relatif à la chance qui va vous faire gagner le gros lot, si vous remettez en question cet achat futur sous prétexte qu'il n'est pas pour vous, ou bien qu'il est trop cher ou trop chic, que vous n'avez pas le genre pour posséder cet objet, n'insistez pas, c'est que vous vous trouvez en dehors du circuit des gagnants. Dans ce cas, laissez la chance à d'autres qui se chargeront de prendre votre place sans même que vous vous en rendiez compte...

Croyez-moi, pour peu que vous viviez dans une attitude négative ou en retard sur les événements, tout ce qui est bon et désirable pour les autres vous sera retiré... Pensez fort et pleinement que vous pouvez, si vous le voulez vraiment, acquérir des biens et des richesses pour et par vous-même... Une fois que vous aurez réussi à vous persuader de cette opportunité, nul doute que la chance vous sourira !

La pensée du vrai joueur doit être tournée vers la richesse et s'orienter vers les biens qu'il pourra, grâce à son gain, s'offrir. Même si cela vous paraît tout simple, encore faut-il réussir à s'en convaincre !

Un travail de concentration ne se fait jamais à l'extérieur de chez soi. Sans doute parce que cela réclame un isolement absolu, dénué de bruits et de manifestations, de quelque origine qu'ils soient. Une fois chez vous, comment allez-vous réussir à sélectionner le meilleur endroit susceptible de favoriser ce recueillement ?

Personnellement, afin de ne subir aucune onde négative, aucune mauvaise influence, et de jouir d'un champ magnétique parfaitement vide, je m'installe généralement dans ma cuisine, devant ma table. Attention, ne m'imitez pas forcément, car la paix que je trouve dans ma cuisine peut très bien ne pas correspondre à la sensation que vous trouverez dans la vôtre…

Il faut également tenir compte des années qui passent. Par exemple, ces derniers temps, j'ai abandonné la cuisine pour une autre pièce de la maison.

Comment allez-vous ressentir l'endroit où vous vous sentez le mieux ? Dès que vous éprouvez une certaine quiétude, un bien-être intérieur, vous pouvez être sûrs que vous allez bien travailler au pendule dans ce lieu. Selon le jour, l'heure et la saison, vous pouvez d'ailleurs être amené à faire plusieurs essais dans des lieux différents de votre demeure, avant de trouver l'endroit idéal pour vous arrêter et poser votre matériel de travail sur la table.

Cette sensation-là, vous ne pouvez manquer de la reconnaître, parce qu'elle vous inondera de bonheur.

La concentration

À présent que vous avez déniché l'endroit idéal, asseyez vous et détendez-vous. Même si cela résonne à vos oreilles comme une évidence, cette opération va vite se révéler complexe.

Se sentir détendu, c'est d'abord fermer les yeux et mesurer la portée de ses gestes. Imaginez que vous sortez d'une piscine où vous avez nagé un cent mètres libres sans vous arrêter. Ou que vous vous éveillez en pleine forme, après une bonne nuit de sommeil réparateur, dénuée de cauchemars et d'agitations… Ou encore que vous vous laissez aller à un repos bien mérité, suite à un effort sportif qui a récompensé votre exploit.

Comprenez-vous ce que j'entends par « se détendre » ? Pas de stress, pas de mauvaises nouvelles, pas de téléphone qui sonne, aucun bruit de la part des membres de la famille ou des voisins…

Ensuite, il serait bon de vider votre tête de tous les soucis et toutes les préoccupations qui la remplissent à longueur de journée et de nuit…

Comment réaliser cette opération de vide ?

Vous avez plusieurs possibilités qui s'offrent à vous : ou bien vous pratiquez une méditation “Zen” sur un fond de musique relaxante, assis par terre, les jambes repliées en position du lotus et les paumes ouvertes vers le ciel, afin d'y recueillir des ondes de paix et de sagesse, ou vous vous contentez de respirer de façon lente et profonde, selon la méthode utilisée par les yogis. Tout doucement, votre moi intérieur se libérera de tout souci, et votre esprit, enfin nettoyé, s'ouvrira à la technique de la concentration pré-pendulaire.

Assis devant votre table de travail, vous vous sentez bien, détendu, en parfaite possession de vos moyens.

Disposez devant vous quelques bulletins de loto simples ou multiples, selon le sens qui vous convient le mieux. L'essentiel consiste à les avoir à portée de la main, ni trop loin ni trop près de vous.

Sur une grande feuille blanche, vous inscrirez la date du prochain tirage, sans oublier de préciser s'il s'agit du premier ou du second tirage, ainsi que l'heure à laquelle ce tirage s'effectuera. Vous disposerez cette feuille devant vous, tout près d'une seconde feuille où vous allez inscrire les numéros participant au tirage du loto de 1 à 49, séparément, et en assez gros caractères, pour bien les visualiser et éviter que les numéros ne se gênent entre eux.

Il vous reste à découper chacun des 49 numéros inscrits sur cette feuille, avant de les déposer un par un sur votre table de travail en les espaçant légèrement, et selon la disposition de la grille originale du bulletin.

Séparés les uns des autres, les numéros que vous avez inscrits sur la feuille blanche se trouvent maintenant disposés et rassemblés comme le tracé d'une grille géante de loto.

Premiers essais

Il est temps désormais de se mettre au travail. Après avoir choisi un premier numéro entre 1 et 49, sans aucune préférence et dans n'importe quel sens, commencez à balancer votre pendule au-dessus du rectangle de papier en posant toujours la même question :

« – Ce numéro va-t-il sortir lors du premier tirage qui aura lieu à telle date et à telle heure ? »

Par exemple, si vous balancez votre pendule au-dessus du numéro 31 pour le premier tirage du 23 septembre 1997, vous allez le questionner ainsi :

« – Ce numéro est-il valable pour le premier tirage du mercredi 23 septembre 1997 ? »

Attention, à tout moment, le pendule peut vous informer d'un manque de concentration qui, bien que discontinu, le fera immédiatement réagir. C'est alors que vous pourrez noter une modification dans la vibration de votre pendule. Il peut même lui arriver de s'arrêter net, et de rester immobile en dépit de tous vos efforts pour le faire repartir.

Pourquoi ? Parce que le fil invisible qui relie le cerveau humain au pendule n'a plus assez de tension pour continuer d'assurer la liaison.

Il se peut également que vous vous trouviez dans un état de fatigue extrême ou, surtout en ce qui concerne les débutants, qu'un manque momentané de concentration bloque temporairement l'oscillation du pendule.

Êtes-vous certain de travailler dans le lieu idéal ? Ou alors, ne vous retrouvez-vous pas, à votre insu, dans un champ magnétique chargé où le pendule se bloque, face à un assaut d'ondes négatives qui le dérangent ?...

Là encore, attention aux fameuses énergies contraires qui peuvent fausser tous vos pronostics, comme nous l'avons déjà signalé précédemment.

Dans ce cas, levez-vous et laissez reposer votre pendule, car devant sa soudaine immobilité, vous n'avez pas le choix, vous devez abandonner votre travail d'investigations…

En ce qui concerne vos recherches sur le loto, et pour peu que l'immobilité du pendule se renouvelle plusieurs fois de suite, votre esprit deviendra vite incapable de se concentrer sur la date et l'heure du prochain tirage. En conséquence, aucun bon numéro ne pourra sortir, et vous vous acharnerez inutilement.

Un bon conseil : stoppez le cours de vos recherches, posez le pendule sur son support... et prenez l'air ! Chaque personne peut mettre au point un ordre de sélection des numéros qui lui convient.

Par exemple, on peut commencer la détection des numéros découpés en restant sur la série des 9, ainsi on posera les questions en positionnant le pendule au-dessus du 49, puis du 39, et ainsi de suite jusqu'au 9.

Ou bien on peut aussi commencer par la série des 1. C'est un choix de sensibilité propre à chaque utilisateur, l'important étant de passer tous les chiffres au contrôle du pendule…

Mais je reprends mon explication en cas de panne du pendule… Passez à une autre activité, octroyez-vous quelques instants de détente, et lorsque vous reprendrez votre pendule, n'oubliez pas de recommencer l'opération à zéro :

a) recherche du lieu idéal,

b) détente,

c) concentration.

Telles sont les premières étapes, à renouveler impérativement, et dans un esprit de totale humilité.

Ne reprenez surtout pas le pendule et l'état de vos recherches là où vous les aviez abandonnés, d'abord parce que cela ne fonctionnerait pas, ensuite parce que vous risquez de ressentir d'effroyables maux de tête, doublés d'un état d'angoisse et de nervosité qui fera de votre pendule un objet désormais insaisissable.

Conscient que vous êtes incapable d'obtenir les résultats souhaités, vous continuerez à vous énerver, ce qui, loin d'arranger les choses, ne fera que les empirer.

EN CONCLUSION

Au moment où vous vous y attendez le moins, vous allez peut-être, à votre insu, découvrir cinq bons numéros... Alors que vous persévérez dans votre recherche pendulaire afin de découvrir le sixième numéro, c'est-à-dire *le* numéro qui peut, en une fraction de seconde, faire basculer toute votre vie, le téléphone se met à sonner ou quelqu'un frappe à votre porte... Eh bien, vous pouvez me croire, même si ce sixième numéro était sur le point de vous être donné, vous pouvez lui dire adieu !

Tout ce qui, de près ou de loin, risque de perturber votre état de concentration doit se voir banni sans l'ombre d'un regret.

Inutile d'en vouloir au monde entier lorsque vous assisterez, impuissant, au premier tirage pour lequel vous aviez trouvé les cinq premiers bons numéros sans avoir eu le temps d'achever votre recherche sur le sixième et fatidique numéro, dites-vous simplement que la prochaine fois, vous prendrez vos précautions afin de ne plus être dérangé !

Éteignez le poste de télévision, débranchez la sonnette d'entrée et celle du téléphone, évitez de laisser sur le feu une casserole d'eau ou un plat en train de cuire et qui risque fort de calciner, vous n'êtes là pour personne… sauf pour vous-même et cette recherche pendulaire qui peut vous mener à la richesse !

Je crois vous avoir donné suffisamment d'explications quant aux répétitions qui sont le fruit de mon expérience, et c'est en formant le vœu de vous voir en tirer profit que j'insiste sur ce fait : vous devez absolument vous trouver en bonne forme pour pouvoir prétendre à la réussite sur la route de la fortune.

Premiers résultats

Comme je vous l'ai déjà expliqué, vous prenez une troisième feuille de papier blanc qui va vous servir à noter les premiers résultats.

Par exemple, après avoir attrapé – délicatement mais fermement – le pendule entre le pouce et l'index, je le positionne au-dessus du numéro 9 en lui posant la question suivante :

« – Le numéro 9 est-il valable pour le premier tirage du mercredi 23 septembre 1997 ? »

Si vous n'obtenez pas de réponse immédiate, je vous conseille de reposer la même question une seconde fois, en observant bien le pendule, pour noter la réponse qu'il ne peut manquer de vous fournir.

Si le pendule tourne dans le sens des aiguilles d'une montre ou dans le sens contraire, vous avez obtenu une réponse, sinon positive, du moins favorable.

Dans ce cas, vous prenez ce numéro — en l'occurrence le numéro 9 — et vous l'inscrivez sur la troisième feuille de papier blanc. Plus tard, vous le reprendrez pour lui faire subir une analyse globale comparée, afin de savoir si oui ou non vous devez réellement le conserver.

Vous devez ainsi passer en revue les 49 numéros du loto, afin de sélectionner les premiers résultats fournis par votre pendule.

Une deuxième analyse, suivie d'une troisième, vous permettront de procéder par élimination, un peu comme au football ou dans les concours de beauté où les quarts de finales, les demi-finales, et enfin les finales consacrent les champions de chaque catégorie…

Cependant, les termes des opérations de sélection dans le domaine des chiffres sont un peu différents. Nous allons aborder, après cette étape, celles de l'*affinage*, de la *confirmation*, de l'*inversion*, du *décalage* et de l'*attirance*, comme autant de paliers nécessaires et successifs qui nous permettront d'obtenir des résultats dits définitifs.

Au cas où le pendule, après lui avoir posé deux ou trois fois la même question pour la même date et le même tirage, vous fournirait deux réponses sur un même numéro, soit une réponse positive et une réponse négative, vous pouvez fort bien vous trouver en présence d'un décalage, d'une attirance ou d'une inversion.

Par exemple, le numéro 31, détecté par le pendule avec deux réponses opposées, peut très bien donner le 13 en inversion et les numéros 30 et 32 par attirance. À moins qu'il ne s'agisse d'un décalage concernant les numéros 1,11, 21 ou 41.

Dans le cas d'une inversion du 31, le maintien du numéro 13 donnerait le 12 ou le 14 en attirance, ou le 3, le 23, le 33 ou le 43 en décalage.

Pour chacun de ces sept derniers numéros, il est nécessaire de détecter au pendule le résultat final et définitif.

Il va vous falloir attendre le prochain paragraphe pour que nous revenions ensemble sur ces différentes analyses. S'il existe plusieurs solutions concernant un chiffre unique

— en l'occurrence le 31 — dans les sept cas précités, vous allez être obligé d'en sélectionner un seul, et celui-là entrera alors en finale...

Le numéro ayant obtenu deux réponses opposées doit être inscrit sur la troisième feuille blanche avec l'indication le concernant : "En attente. À étudier plus finement." Vous pouvez lui adjoindre le code "D.I.A.", soit "Décalage - Inversion - Attirance".

Il vous suffira ensuite d'ouvrir une colonne intitulée "D.I.A." pour y inscrire à la suite ces chiffres à la réponse double.

Ceux qui ont obtenu d'entrée une réponse favorable seront inscrits dans une colonne à part. Il vous faudra les revoir une fois ou deux pour que la réponse favorable se transforme en une réponse positive. Dans notre exemple, sur deux numéros étudiés, le numéro 9 est inscrit dans une colonne "plus" et le numéro 31 dans une colonne "D.I.A."

Si, en se balançant au-dessus d'un chiffre, votre pendule oscille de bas en haut, c'est-à-dire verticalement, vous aurez obtenu de lui une réponse négative ou défavorable. Il vous faudra alors, comme je viens de vous l'expliquer, inscrire ce numéro à part et le noter dans une colonne "moins" sur votre troisième feuille de papier blanc.

Ce numéro que vous aurez rejeté, suite à la réponse négative enregistrée lors d'un premier essai, peut très bien se voir accepté lors du complément d'analyse qui le confirmera comme positif en finale.

Ne soyez pas surpris ou inquiets, car ce phénomène se produit régulièrement.

Par exemple, le numéro 43, suite à un premier rejet du pendule, a été inscrit par vos soins dans la colonne "moins".

Il sera cependant possible de retrouver ce chiffre inversé, qui deviendra alors le numéro 34, et qui se verra accepté dans les finales du numéro 3 ou du numéro 4.

Attention, car son rejet dès le départ peut très bien décaler le numéro 43 sur d'autres chiffres qui se terminent par 3, tels le 3, le 13, le 23 et le 33.

En principe, le numéro 43 ne devrait pas réapparaître de façon positive, sauf à la place d'un éventuel numéro complémentaire susceptible d'apporter un supplément de gain à celui qui a déjà trouvé cinq bons numéros…

Ainsi venons-nous d'analyser trois numéros, le 9, le 31 et le 43, qui se retrouveront respectivement classés dans la colonne “plus” pour le 9, la colonne “D.I.A.” pour le 31, et la colonne “moins” pour le 43…

Travail de triage

À vous maintenant d'effectuer la délicate opération du triage. Vous allez devoir sélectionner de nouveau les numéros positifs retenus, pour en dégager certains et aligner les résultats selon la mise des joueurs.

Par exemple, si un joueur a décidé de miser sur sept numéros et s'il a trouvé en première sélection 15 numéros positifs ou “D.I.A.”, il va lui falloir reprendre son pendule afin d'éliminer les 8 numéros excédentaires, ou jouer en plusieurs fractions les numéros qui resteront positifs au-dessus du septième.

En ce qui concerne les numéros “D.I.A.”, les analyses que je vous détaillerai plus loin vous livreront les clés de leur sélection.

Affinage

Imaginons un joueur qui souhaite miser sur dix numéros en compagnie d'autres personnes, et qui aurait détecté ces dix numéros, grâce à son pendule… Même si ce groupe de personnes a le pouvoir de miser sur ces dix numéros, il me semble utile de repasser le pendule au-dessus du jeu complet, afin de savoir si l'on conserve ces dix numéros positifs ou s'il est judicieux d'en éliminer un, deux, trois ou quatre d'entre eux, selon les réponses que va fournir le pendule.

Le joueur qui souhaite miser sur sept, huit ou neuf numéros devra effectuer le même travail d'affinage, la question posée restant la même :

« – Combien y a-t-il de bons numéros dans la totalité du jeu ayant regroupé les numéros positifs ? »

Confirmation

Nous voici arrivés, après bien des difficultés, au point le plus délicat de cette analyse en profondeur chargée de sélectionner les numéros de notre jeu définitif.

À ce stade de la recherche, seule une expérience réelle permettra au joueur confirmé d'approcher du but tant convoité. Pour ceux qui travaillent au pendule de temps en temps, en dilettante, il me semble peu probable qu'ils atteignent jamais ce stade de l'analyse.

Il va falloir, pour confirmer les résultats obtenus précédemment, passer et repasser le pendule au-dessus des numéros sélectionnés en reposant l'éternelle question :

« – Ce numéro est-il définitif ou bien risque-t-il de subir une attirance, une inversion ou un décalage » ?

Il est vrai que cette recherche, aussi longue que complexe, requiert beaucoup de travail, une grande maîtrise au niveau de la concentration mentale, et une inépuisable dose de patience. Il faut également prendre conscience que le pendule va devenir pour vous un objet précieux et personnel qu'il sera fortement déconseillé de prêter à autrui.

Mise en colonnes

Il s'agit de reprendre tous les numéros classés dans la colonne “plus”, c'est-à-dire tous ceux qui ont obtenu une réponse positive, ainsi que tous ceux qui se sont vus inscrits dans la colonne “D.I.A.” qui ont reçu une réponse opposée — positive et négative — après que le joueur a posé deux fois la même question au pendule.

Ensuite, il va vous falloir dresser un tableau indiquant dans chaque colonne, en partant de la gauche, pour la première, le numéro 1, puis la deuxième colonne le numéro 2, la troisième colonne le numéro 3, la quatrième colonne le numéro 4, et ainsi de suite jusqu’à la colonne numéro 9. Après cette neuvième colonne, il serait bon d’en tracer une dixième qui aura le numéro 0 à son extrême droite.

Ce tableau indique, en fait, les terminaisons des chiffres qui seront inscrits dans leurs colonnes correspondantes. Par exemple, le 29 sera inscrit dans la colonne 9, et le 31 sera inscrit dans la colonne 1.

À vous maintenant de positionner à l’intérieur de chaque colonne tous les chiffres que vous avez précédemment détectés en positif, mais aussi en “D.I.A.”. Chaque chiffre arrivé en finale se trouvant dans la colonne correspondante du tableau.

Par exemple, le numéro 9 se trouve inscrit dans la neuvième colonne, tandis que le numéro 31, qui se termine par un 1, se voit inscrit dans la première colonne, et ainsi de suite jusqu’à épuisement des numéros que vous avez sélectionnés comme autant de gagnants potentiels.

À vous désormais de repasser votre pendule au-dessus des dix colonnes du tableau en posant la question suivante :

« – Y a-t-il des numéros qui se terminent par 1 pour la date et le tirage qui nous intéressent ? »

Ensuite, vous passerez le pendule au-dessus de tous les numéros se terminant par 1 en demandant :

« – Le 1 est-il gagnant ? Et le 11, va-t-il sortir ? Le 21 ? Le 31 ? Le 41 ? »

N’ayez aucune crainte, votre pendule vous répondra si un ou plusieurs des numéros gagnants se terminent par 1.

Dans le cas contraire, si aucun numéro gagnant ne se termine par 1, le pendule répondra par la négative à toutes vos questions.

Pour une seconde confirmation, vous repasserez le pendule dans l'autre sens en commençant par le 41, puis le 31, le 21, le 11 et enfin le numéro 1. Ceci en reposant la même question :

« – Y a-t-il un numéro gagnant qui se termine par 1, ceci pour le premier tirage de mercredi prochain telle date ? ».

Si le pendule, après ce second passage, a confirmé une seconde fois la présence d'un numéro se terminant par 1, ce dernier se verra retenu, et, dans l'attente de l'analyse finale, vous l'inscrirez soigneusement dans la colonne qui lui correspond.

Si votre pendule rejette tous les numéros se terminant par 1, il vous faudra analyser pour chacun d'entre eux la possibilité d'un décalage, d'une inversion ou d'une attirance…

Continuons l'opération en repassant le pendule au-dessus des chiffres se terminant par 2. Vu qu'il n'y avait aucun chiffre se terminant par 2 dans la première analyse, si jamais le pendule en découvrait un en passant du 2 au 12, du 12 au 22 en passant par le 32 et du 32 au 42, puis du 42 au 32, du 32 au 22, du 22 au 12 en revenant lentement jusqu'au 2, vous devrez inscrire le ou les numéros qui se terminent par un 2 dans la deuxième colonne.

La question que vous poserez à votre pendule sera toujours la même :

« – Y a-t-il un numéro gagnant qui se termine par un 2 ? »

Et ainsi de suite jusqu'au numéro 9, sans oublier le dernier, le numéro 0.

En final de cette étape de la confirmation, vous allez vous retrouver devant un tableau dressé verticalement, qui comportera une série de numéros potentiellement gagnants, mais sur lesquels il va falloir continuer de travailler…

C'est alors que nous nous trouvons au seuil de l'étape suivante, dite du *décalage*, particulièrement intéressante, car, en présence d'un numéro donné, il faudra vous servir du pendule pour savoir si le numéro étudié est retenu ou simplement décalé par rapport aux numéros possédant la même terminaison.

Le décalage

Tout de suite un exemple : le numéro 31 a été trouvé en première analyse et s'est vu confirmé deux fois lors de l'analyse des finales. Devez-vous maintenir le 31 ou devez-vous envisager son décalage sur les numéros 41, 21, 11 ou 1 ?

La question que vous devez poser à votre pendule est la suivante :

« – Est-ce que le numéro 31 est bon ? »

Si le pendule répond par l'affirmative, le numéro 31 est maintenu. S'il répond non, il ne faut pas l'écarter de façon absolue, car ce numéro peut éventuellement signaler un décalage.

À vous donc de poser la question au pendule :

« – Dois-je décaler ma finale 1 sur le 41, sur le 21, sur le 11, sur le 1, ou pas du tout ? »

Si vous êtes en présence d'un décalage, vous garderez le numéro qui, à son appel, aura été retenu par le pendule.

S'il n'y a pas décalage, le pendule répondra non à toutes les questions concernant les terminaisons 1.

Dans ce cas, il restera pour vous à étudier les phénomènes de l'attirance et de l'inversion, avant de décider du sort définitif du numéro étudié, en l'occurrence celui de notre exemple, le 31.

Sans décalage ni attirance ni inversion, le numéro 31 restera acquis et conservé définitivement.

Cette étape reste évidemment valable pour tous les numéros sélectionnés une première fois, puis confirmés.

L'attirance

Même si cette étape ne vous paraît pas très difficile, je peux vous certifier qu'une grande concentration est indispensable à son bon déroulement.

Conservons notre exemple des numéros 9 et 31 en première sélection positive et "D.I.A." qui se sont vu confirmés en étude des finales. À vous maintenant de détecter si ces deux numéros peuvent être attirés par ceux qui sont placés au-dessus ou au-dessous d'eux.

« – Le numéro 9 est-il attiré par le 8 ou le 10 ? »

« – Le numéro 31 est-il attiré par le numéro 30 ou le numéro 32 ? »

Comment le savoir ? Le pendule n'attend que la formulation de vos questions pour vous aider à trouver les réponses. Après avoir positionné le pendule au-dessus du numéro 9, vous allez formuler la question suivante :

« – Est-ce que le numéro 9 fait attirance sur le numéro 8 ou sur le numéro 10 ? »

La question doit être posée séparément pour chaque numéro.

Si le pendule tourne au-dessus du numéro 10, il y a attirance sur le numéro 10. S'il tourne au-dessus du numéro 8, il existe une attirance sur le 8.

En conséquence, le numéro 9 sera remplacé par attirance par les numéros 8 ou 10. Si le pendule répond non, il n'y a pas d'attirance, et le numéro 9 est maintenu comme tel.

Juste avant de passer à l'étape suivante de l'inversion, vous procéderez de la même manière pour le numéro 31, ainsi que pour tous les numéros positifs ou "D.I.A." qui ont été sélectionnés.

L'inversion avant résultats

C'est à ce moment-là de l'analyse que la recherche de l'inversion devient passionnante. Surtout pour le joueur qui s'est entraîné suffisamment longtemps pour maîtriser sa concentration et réussir à apprécier à sa juste valeur le pouvoir à la fois magique et mystérieux exercé par son pendule.

Si nous reprenons notre dernier exemple, un véritable conflit existe au niveau du numéro 22. Par exemple, il est présent à la fois sur les finales qui se terminent par un 2, et en même temps en attirance supérieure sur le chiffre 21, qui n'est autre que l'inversion du numéro 12. Vous voyez comment on passe aisément du 22 au 21, puis à son inversion, le 12.

Mais revenons à notre exemple du début pour voir si les choses sont plus simples : nous avons le numéro 9 et le numéro 31.

Ici, seul le 31 peut être inversé et devenir le 13. Si le numéro 13 reste seul, sans décalage ni attirance, il me paraît judicieux de le maintenir. Si, par contre, le numéro 13 est décalé ou attiré, vous aurez le choix en posant la question au pendule comme précédemment :

« – Tout d'abord, y a-t-il inversion du numéro 31 ? »

Si le pendule répond par l'affirmative, le numéro 31 peut très bien devenir le numéro 13.

Immédiatement, une seconde question s'impose :

« – Est-ce que le numéro 13 existe seul ? »

Si la réponse est oui, le numéro 13 est maintenu seul. Sinon, les deux chiffres 31 et 13 peuvent très bien coexister.

Encore une troisième question :

« – Est-ce que le numéro 13 remplace le numéro 31 ? »
Et enfin une quatrième question :

« – Est-ce que le numéro 13 et le numéro 31 existent ensemble ? »

Si la réponse est oui, les deux chiffres 13 et 31 doivent être maintenus. Si la réponse est non, seul le numéro 13 doit être maintenu.

Si le numéro 13 reste seul, il va falloir que vous vérifiiez le décalage en posant la question suivante :

« – Est-ce que le numéro 13 est décalé sur les numéros 43, 33, 23 ou 3 ? »

Si la réponse est oui, le numéro 13 disparaît au profit d'un autre chiffre qui a une finale 3.

Si la réponse est non, le numéro 13 est maintenu seul.

Bien entendu, les inversions n'existent que lorsque le chiffre peut s'inverser, tout en étant compris entre 1 et 49, ce qui limite les recherches entre 12 et 14 pour ce qui est des dizaines, entre 21 et 24 pour les vingtaines, entre 31 et 34 pour les trentaines et entre 41 et 43 pour les quarantaines.

Soit en détaillant la liste des chiffres qui changent en s'inversant : 12-13-14- 21- 23-24-31-32-34-41-42-43, qui peuvent devenir : 21-31-41-12-32-42-13-23-43-14-24-34.

Vous pouvez noter mathématiquement que l'ensemble des douze premiers chiffres correspond exactement aux mêmes chiffres de la liste inversée. Seul l'ordre change…

Résultats définitifs

Avant de cocher les numéros sélectionnés sur le ou les bulletins de loto, il va vous falloir faire un choix quasi définitif, en fonction du nombre de numéros que vous avez décidé de miser lors du prochain tirage.

Pour peu qu'après avoir sélectionné 15 numéros possibles, vous ayez décidé de jouer huit numéros - soit 112F sur un ticket multiple - il va falloir que vous éliminiez les 7 numéros excédentaires.

Un conseil :

Passez et repassez à plusieurs reprises votre pendule au-dessus de chaque colonne de chiffres sur votre tableau comportant l'analyse des finales, et ce jusqu'à ce que vous ayez obtenu les huit numéros demandés.

Dans le cas qui nous occupe, vous vous préparez à jouer une grille multiple de huit numéros, et il vous reste sept numéros considérés comme possibles. Pourquoi ne pas adjoindre à votre mise initiale une grille supplémentaire comportant les sept numéros restés en attente ?

Même si vous devez payer 28F de plus, vous aurez ainsi multiplié vos chances de gain.

Dès que vous serez en possession d'une grille à 112F et d'une grille supplémentaire à 28F — pour une mise de 140 F — vous aurez réuni tous les numéros que vous aurez sélectionnés en finale.

Pour les joueurs qui préféreraient se cantonner à une grille simple dans l'exemple précédent où il leur reste 15 bons numéros, il serait judicieux qu'ils refassent une sélection pour trouver deux grilles simples de six numéros chacune, et de cocher les 12 numéros correspondants.

Les trois numéros restants pourront fort bien s'inscrire dans une nouvelle grille à compléter ultérieurement, à moins qu'ils ne s'inscrivent dans quatre autres grilles, après avoir pioché deux fois trois numéros différents dans chacune des grilles des six déjà cochées.

Exemple :

Vous avez deux grilles simples comportant pour la première grille : 1-2-3-4-5-6, et pour la deuxième grille : 7-8-9-10-11-12, puis les trois derniers numéros : 13-14-15, auxquels vous ajouterez 1-2-3 pour la première grille, 4-5-6 pour la deuxième grille, 7-8-9 pour la troisième grille et 10-11-12 pour la quatrième grille.

Croyez-moi, en suivant cette méthode que j'ai mise au point au cours de nombreuses années de travail assidu, vous reconnaîtrez vite qu'elle est à la fois concrète, pratique... et payante !

Je suis certaine que vous en vérifierez aisément la qualité lorsque vous commencerez à empocher des gains substantiels.

Pour cela, n'oubliez pas de vous maintenir en bonne santé, de sélectionner soigneusement votre lieu de travail, de préserver l'atmosphère de calme qui vous est indispensable pour réussir une bonne concentration… et nul doute que les résultats suivront !

Comme dans tous les métiers qui requièrent patience et persévérance, vous parviendrez alors à une vraie réussite, basée sur l'expérience et le savoir-faire, et vous en tirerez une bien légitime fierté.

Chapitre VIII

ESSAIS RÉUSSIS AU PARI MUTUEL URBAIN (P.M.U.)

Les numéros simples de chevaux

Je ne me suis pas arrêtée au loto. J'ai voulu tenter ma chance et m'exercer au pendule sur d'autres jeux de hasard.

Puisque le pendule me procurait de tels résultats, pourquoi ne pas l'essayer sur de nouveaux défis qui me permettraient de parfaire encore mon expérience et ma méthode ?

Moi qui ne connaissais ni les chevaux ni leurs propriétaires, ni les jockeys et encore moins les entraîneurs, je me suis lancée un beau jour dans la course folle du gain au P.M.U.

Très vite, là encore, les résultats ont dépassé mes espérances, et j'ai commencé à encaisser mes premiers gains, tant au tiercé qu'au quinté.

C'est ainsi qu'il m'est apparu, une fois de plus, que le pendule pouvait fort bien me répondre en me donnant le nom des chevaux susceptibles de gagner, avec leur numéro correspondant dans la course étudiée.

Cela m'a beaucoup amusée d'observer tous ces turfistes qui suivent attentivement, et, m'a-t-on dit, pendant des années, les performances des chevaux et des jockeys. Ils collectionnent les statistiques, étudient les records, évaluent le poids des chevaux et celui des jockeys, calculent les distances, étudient la qualité du terrain, notent soigneusement la place à la corde, les écarts, les sommes gagnées et les diagnostics des pronostiqueurs qu'il s'agit de comparer course après course... Quel travail !

La plupart des joueurs de ce type engagent leurs paris dans des cafés tabac généralement non loin de chez eux. Attention, ces contacts dans les bars et les cafés me semblent finalement assez dangereux, dans le sens où les informations venues d'autres parieurs risquent de fausser presque totalement votre propre diagnostic !

En passant par hasard dans les cafés P.M.U. j'ai souvent entendu des joueurs changer leur jeu au dernier moment, à cause d'un bruit qui court sur un numéro donné par un consommateur — turfiste ou pas — et parfois par le propriétaire du bar lui-même. J'ai même vu inscrit le tiercé ou le quinté prévisionnel du patron qu'il a affiché près de la caisse... Comment s'y retrouver ensuite, avec ces informations souvent trompeuses ?

Combien de fois ai-je vu arriver dans le café un turfiste sûr de la combinaison qu'il voulait jouer et qui, à cause d'un mot lâché par un autre joueur, changait son jeu à la dernière minute.

Il lui suffisait, par exemple, d'entendre que le numéro 18 risquait de ne pas gagner, pour que ce numéro disparaisse de sa grille de jeu. Avec la même situation dans le cas inverse : il suffit qu'un parieur entre triomphalement dans le café en annonçant qu'il s'apprête à jouer le numéro 18 pour que les autres joueurs, tout en se grattant la tête, commencent à loucher sur ce fameux numéro 18 qu'ils n'ont pas eu l'intention de faire figurer sur leur grille de jeu...

Certains vont aller jusqu'à supprimer un de leurs numéros pour y installer le fameux numéro 18... Manque de chance, le numéro 18 oubliera d'arriver dans les premiers, et tout sera à recommencer, cette fois, sans se laisser impressionner ou influencer par la belle assurance d'un parieur !

C'est ainsi que chacun doit faire ses analyses et ses pronostics sans prêter attention aux bavardages des uns et des autres.

Il est un fait certain que plus le nombre de chevaux engagés est élevé, et plus vous aurez de chance de gagner. Hélas, plus la combinaison est longue et plus son prix est élevé...

Pourquoi, dans ce cas, ne pas s'associer avec quatre amis qui mettront chacun une mise égale, ce qui permettra, dans un pari combiné de 560F, de jouer 8 chevaux pour une mise personnelle de seulement 140F ?

Le joueur isolé qui mise 140F ne pourra parier que sur 6 chevaux pour une mise de 60F dans un quinté. Certes, il économisera 80F, mais ses chances de gain seront largement inférieures pour peu que l'on applique le calcul de probabilités qui, dans ce premier ouvrage traitant de la chance au jeu, ne pourra être développé.

Cependant, il ne faut pas oublier que les combinaisons possibles sont multiples entre le tiercé, le quarté et le quinté — pour ne citer que celles-là — soit en jeu simple, en jeu combiné ou en jeu réduit.

Cet ouvrage constitue seulement un essai pour tenter de mieux réussir au P.M.U. en utilisant le pendule pour détecter les chevaux gagnants.

Dois-je vous avouer que je ne connaissais strictement rien aux courses de chevaux lorsque j'ai soupçonné, pour la première fois, les passionnantes possibilités de cette nouvelle façon de miser... et de gagner ?

Ayant toujours aimé relever les défis, je me suis lancée “à pendule perdu” dans la quête passionnante des chevaux gagnants…

Une seule question se posait à moi : « Pourquoi ne pas réussir dans les courses de chevaux ce que je réussissais au loto ? »

Au début, je me suis demandé sur quelles bases je devais entamer ma concentration pendulaire.

Après m’être fait expliquer en détail le nombre d’intervenants dans les courses du P.M.U., j’ai vite réalisé que le propriétaire du cheval rémunère un ou plusieurs entraîneurs selon un forfait qui ne prend pas en compte le pourcentage de gain supplémentaire accordé après chaque victoire du cheval.

Le jockey, lui, touche une somme pour la monte, assortie d’un pourcentage en cas de triomphe.

À part ces deux informations, je crois bien que je ne connais pas grand chose aux monde des courses… Cela ne m’a pas empêché de passer mon pendule sur le nom du propriétaire, sur celui de l’entraîneur et sur celui du jockey.

Il m’a tout de suite semblé difficile de concentrer mon pendule sur le nom du propriétaire, car, ne le connaissant pas, il m’était impossible d’établir un lien mental avec lui… De même en ce qui concernait l’entraîneur et le jockey !

Alors, je me suis concentrée sur le nom des chevaux et le numéro qu’ils devaient porter lors des prochaines courses.

Voici ma méthode de travail pendulaire concernant la recherche des chevaux gagnants :

1 – J’achète d’abord un journal. Un simple journal, sans aucune spécialité. Un journal qui me plaît et dont les colonnes qui répertorient les chevaux me semblent faciles à lire et à comprendre.

2 – Ensuite, je me livre au même travail de concentration et de préparation que pour le loto.

3 – J'étale le journal à plat sur une table, toujours la même table, dans cette même pièce de la maison où je me sens le mieux.

4 – Après avoir choisi une feuille de papier blanc assez grande, j'attrape mon pendule.

C'est au tour du cheval numéro 1 d'être passé en revue.

5 – Je pose la question suivante :

« – Est-ce que le cheval n°1 sera présent demain à l'arrivée ? »

Évidemment, si la course a lieu aujourd'hui, je pose la question concernant l'arrivée du cheval n°1 pour le jour même...

Un détail qui a son importance : il vous faut absolument penser au déroulement de la course en attendant la réponse.

6 – Je pose ensuite la même question pour le cheval numéro 2, et ainsi de suite jusqu'au dernier numéro inscrit dans la course prévue par le P.M.U.

En général, il y a entre 16 et 20 partants.

7 – Sur la feuille de papier blanc, il faut inscrire la date, le lieu et l'heure où va se dérouler la course qui vous intéresse.

8 – Lorsque le passage du pendule au-dessus du numéro du cheval donne une réponse positive, c'est-à-dire que le pendule tourne dans le sens des aiguilles d'une montre, considérez que ce numéro doit être retenu.

Si le pendule répond par la négative, vous laisserez de côté — du moins temporairement — le numéro de ce cheval.

9 – Les numéros des chevaux que votre pendule a retenus doivent être reportés sur la feuille blanche et inscrits l'un à côté de l'autre, un peu espacés.

10 – Généralement, je sors 8 à 10 numéros de chevaux positifs sur lesquels je travaille ensuite, un par un, au pendule.

Ce deuxième passage va suffir à en éliminer de un à trois.

N'ayant plus besoin du journal, je travaille exclusivement sur la feuille de papier.

11 – Je prends mon pendule et je commence à analyser le premier numéro inscrit à droite sur la feuille blanche.

Ainsi vais-je poursuivre mon analyse sur chaque numéro de cheval susceptible de gagner, en partant de la droite pour aller vers la gauche.

12 – Je pose alors la question au pendule que je positionne au-dessus du premier chiffre, en appelant le numéro du cheval correspondant :

« – Est-ce que le cheval n°3 sera à l'arrivée dans le quinté du 16 septembre 1997 ? ».

(Bien sûr, la question peut être également formulée lorsqu'il s'agit d'un couplé, d'un tiercé ou d'un quarté !)

J'attends la réponse du pendule en pensant bien fort à la course du jour ou du lendemain si j'ai travaillé la veille.

13 – Si le pendule donne une réponse positive, j'inscris une croix sur le numéro 3 et un "R" qui signifie "Retour".

Si le pendule me fournit une réponse négative, je mets le numéro 3 en attente.

14 – Je passe ainsi en revue tous les numéros des chevaux inscrits sur la feuille de papier blanc.

Il me semble intéressant de vous signaler qu'il est judicieux de se rapprocher au plus près de l'heure de clôture des enjeux, afin de capter un maximum de chances sur les éléments incontrôlés et malheureusement incontrôlables qui interviennent avant la course. Ce "truc" de parieurs s'avère hélas irréalisable pour certains, surtout lorsqu'il s'agit d'une course en nocturne.

Il est vrai que les véritables turfistes sont des gens qui n'hésitent pas à aller à pied, à cheval ou en voiture sur tous les hippodromes où les courses se déroulent.

C'est pour eux une autre manière de ressentir les courses, car l'ambiance sur place est extrêmement excitante. Tout d'abord parce que vous voyez les mises se faire devant vous, ce qui vous permet de contrôler d'un seul coup d'œil, sur les tableaux lumineux, la cote de chaque cheval. Cote qui monte ou qui descend, selon l'importance des sommes d'argent mises sur chaque cheval par les parieurs les plus enthousiastes… ou qui délaissent sans la moindre explication un cheval jugé pourtant favori au début des enjeux.

Une fièvre s'empare de chaque joueur lorsqu'il entend la petite phrase : « Les chevaux sont sous les ordres »… On assiste alors à une bousculade où les derniers parieurs, jaugeant la cote finale, vont engager leurs derniers deniers, juste avant la fermeture des caisses.

Le départ est donné : on entend un claquement sec déchirer l'air, et les chevaux s'élancent vers la victoire. La foule se déplace en masse vers l'intérieur du champ pour arriver à temps et regarder passer les chevaux à chaque tournant ou en ligne droite.

À quelques centaines de mètres du poteau d'arrivée, un murmure général monte de la foule, tandis qu'un tonnerre d'insultes et d'injures déferlent à l'intention des jockeys et des chevaux perdants.

Au fur et à mesure que les chevaux se rapprochent du poteau d'arrivée, le murmure devient brouhaha, puis s'intensifie jusqu'à un tollé général. Chacun sur le champs se met à crier, puis à hurler le numéro qu'il veut voir arriver gagnant.

L'émotion est à son comble lorsque le premier cheval passe le poteau. Une émotion qui redouble au passage du second, pour se terminer net au cinquième cheval.

Comme un soufflé au fromage qui aurait refroidi trop vite, on n'entend plus aucun bruit pendant que les joueurs font leurs comptes… Un ange passe !

C'est alors qu'un brouhaha confus redémarre, réunissant d'un côté les quelques heureux gagnants, et de l'autre, la masse des malheureux perdants.

Il m'a semblé utile de vous faire partager, à ce moment du livre, l'ambiance des champs de courses en direct des hippodromes. L'excitation y est telle qu'il serait dommage que vous ne la ressentiez pas au moins une fois dans votre vie, en allant vivre les courses en direct sur les champs où elles se déroulent. (Auteuil, Longchamp, Vincennes, etc. selon qu'il s'agit de plat, de trot monté, de trot attelé ou de galop...)

Pour ceux qui connaissent déjà cette ambiance pour l'avoir vécue à maintes reprises, je suis certaine qu'ils seront heureux de retrouver sous ma plume cette atmosphère très particulière qu'ils affectionnent tant.

Mais revenons à notre feuille blanche qui, elle, ne connaîtra jamais ni cris ni insultes...

Dès que vous aurez passé votre pendule au-dessus des numéros de tous les chevaux sélectionnés pour la course qui vous intéresse, et que vous aurez fidèlement inscrits sur la feuille, je vous demande d'étudier avec une forte concentration tous ceux qui auront été retenus avec un "R" en deuxième sélection.

Imaginons que vous en aurez retenu 8 pour procéder par élimination. Vous inscrirez à nouveau, toujours sur la feuille, les 8 numéros à étudier, en les espaçant bien.

Moi, je repasse alors le pendule au-dessus de chaque numéro de cheval en demandant avec insistance :

« – Est-ce que vraiment le cheval numéro 3 sera présent à l'arrivée dans le quinté du jour ? »

Je vous conseille de procéder ainsi de suite avec les huit chiffres, pour essayer d'en conserver 5 ou 6 afin de faire une petite mise.

Personnellement, si je veux miser davantage, je sais que je peux garder 7 chevaux.

Imaginons que j'aie conservé 7 chevaux, je sais qu'il va me falloir encore travailler pour tenter de trouver leur ordre d'arrivée.

Je repasse alors le pendule au-dessus de chaque numéro pour trouver sa place et en posant la question :

« – Est-ce que le cheval numéro 3 sera le premier à l'arrivée ? »

J'attends la réponse.

Si c'est non, le cheval numéro 3 ne sera pas le premier à l'arrivée.

Si c'est oui, le cheval numéro 3 peut être le premier à l'arrivée.

Je repose ainsi la même question au-dessus de chaque numéro, afin de trouver le deuxième à l'arrivée, et ainsi de suite jusqu'à la cinquième place à l'arrivée.

En conclusion, et après avoir inscrit les cinq chevaux trouvés dans un ordre possible d'arrivée, je demande à mon pendule :

« – Est-ce que j'ai ainsi le quinté dans l'ordre ? »

Si c'est oui, je coche sur un ticket les numéros des chevaux trouvés.

Si c'est non, je dois recommencer à poser les questions ci-dessus, et ce jusqu'au moment où je suis convaincue d'avoir trouvé la bonne combinaison.

Je dois pourtant préciser, par souci d'honnêteté, qu'une marge d'erreur existe, même si certaines personnes telles que moi gagnent très régulièrement des sommes aux courses du P.M.U.

Comme pour la méthode du loto que je vous ai longuement décrite, la préparation aux courses du P.M.U., la concentration pendulaire et l'analyse par affinage et confirmation se révéleront aussi faciles ou difficiles selon votre forme, votre hygiène de vie et votre disponibilité.

Je précise une fois de plus que je ne connais absolument rien au monde des courses, et que je ne fréquente que rarement les hippodromes où elles se déroulent.

Seul, mon travail au pendule me donne des résultats, souvent exceptionnels de clarté et de réussite.

J'ai rencontré par hasard une personne qui m'a longuement expliqué pourquoi les places à la corde — quand il y en a une — sont primordiales si l'on veut gagner plus facilement. J'ai compris, grâce à elle, que les chevaux placés l'un à côté de l'autre pouvaient s'entraîner mutuellement, et dans un esprit de compétiton animale, réussir à arriver ensemble au poteau d'arrivée.

Si cette révélation m'est apparue comme étant un bon "tuyau", elle me semble plus valable pour des turfistes professionnels avertis.

Pour moi, cette astuce demeure sans importance, car je ne l'utilise pas dans mon approche au pendule. Je dirai tout au plus que cela me rappelle l'attirance que j'ai exposée dans la recherche des bons et des mauvais numéros au loto, parce qu'il semble y avoir une similitude de calculs entre le loto et le P.M.U., au moins à ce niveau-là.

Pour le reste, cela ne me regarde pas...

Jumelage des numéros de chevaux

En complément d'analyse, j'évoquerai ici la possibilité de choix entre des numéros de chevaux sélectionnés qui comportent la même finale, à savoir le 3 et le 13, le 3 ou le 13, le 4 et le 14, le 4 ou le 14, etc.

Ce choix des numéros de chevaux ensemble ou séparés, l'un remplaçant l'autre, peut se faire comme suit :

Imaginons que sur votre feuille blanche, vous ayez inscrit les numéros des chevaux 4 et 14. Il va vous falloir passer votre pendule au-dessus de chaque numéro de cheval, en posant la question suivante :

« – Est-ce que ces deux chevaux de même finale 4 seront à l'arrivée dans le quinté du 22 février 1997 à 15 heures sur le champ de courses de Vincennes ? »

Attention, n'oubliez jamais dans votre question de bien préciser la date, l'heure et le lieu du déroulement de la course !

Si le pendule vous donne une réponse favorable pour les numéros 4 et 14, il va falloir que vous reteniez ces deux numéros de chevaux comme deux gagnants possibles dans l'ordre d'arrivée.

En fin d'analyse, lorsque vous aurez choisi les chevaux sélectionnés, il vous faudra confirmer pour savoir si les deux finales 4 et 14 restent sur la liste des gagnants ou si vous devez remplacer un numéro par l'autre.

Voici donc le type de question que vous poserez :

« – Est-ce que le 14 sera vraiment à l'arrivée avec le 4 dans le quinté du 22 février 97 à 15 heures sur le champ de courses de Vincennes ? »

Attendez la réponse de votre pendule.

S'il y a un doute, vous pouvez fort bien reposer la question :

« – Est-ce que le 14 arrivera seul, ou bien est-ce que le 4 arrivera seul, ou encore est-ce que le 14 remplacera le 4, ou est-ce que le 4 remplacera le 14 ?

Dernière question possible :

« – Est-ce que le 14 et le 4 seront vraiment à l'arrivée dans le quinté du 22 février 97 à 15 heures sur le champ de courses de Vincennes ? »

Selon la réponse définitive donnée par votre pendule, il vous faudra cocher le 14 et le 4 ou bien le 14 seul ou encore le 4 seul.

Un dernier affinage vous donnera l'ordre d'arrivée du cheval retenu.

Ce calcul de jumelage intervient uniquement à partir du numéro 10, car le 10 peut faire le 1 ainsi que le 11 qui peut devenir le 1.

De même qu'il est possible que le 11 arrive en même temps que le 1, ainsi le numéro 10 peut également arriver avec le 1.

Le plus difficile à détecter étant le trio où l'on trouverait le 1, le 10 et le 11.

Ensuite, le 12 peut devenir le 2, et ce jusqu'aux numéros 15 à 20, selon le nombre de chevaux au départ de la course…

Pratiquez avec patience et persévérance, je suis sûre que, comme moi, vous réussirez, avec un peu d'application, à trouver les numéros des chevaux qui vous rapporteront un maximum de bénéfices !

Chapitre IX

AU CASINO... LA ROULETTE.

La roulette constitue un des jeux les plus connus dans le monde des casinos.

Dans ce jeu, vous n'êtes pas autorisé à utiliser un objet magnétique à la table des joueurs, inutile donc de compter sur votre pendule pour vous donner la moindre indication !

Par contre, vous pouvez vous livrer chez vous à un calcul préalable qui vous permettra de dresser une liste de numéros gagnants que vous pourrez tester à la table de la roulette, lorsque vous serez au casino.

Personnellement, j'ai fait plusieurs expériences de ce genre, et elles m'ont toutes donné de très bons résultats ! Il m'est même arrivé de donner quelques numéros à des amis qui se rendaient dans les salles de jeux des casinos, et, à leur grande surprise, ils ont gagné.

Voulez-vous savoir comment je fais ?

Pour commencer, je visualise dans ma pensée une table de roulette avec son tapis vert, ses traits de colonne jaune, le losange rouge d'un côté, le losange noir de l'autre, sans oublier les pairs, les impairs, et tous les petits carreaux individuels qui indiquent un numéro plein dans leur centre.

Je visualise également les chiffres que je me propose de jouer pendant l'heure ou les deux heures qui suivent.

Je ne vois ni la roulette et sa petite bille, ni la mise sur la table de jeu.

Je pose sur une feuille de papier blanc tous les numéros du cylindre de 1 à 36, ainsi que le 0, comme au casino.

Il est également possible de travailler directement sur les cartes données au joueur par le croupier du casino.

Passant le pendule au-dessus de ce cylindre et prenant les chiffres au hasard — en général pas plus de 6 à 8 chiffres — je pose la question :

« – Est-ce que je dois jouer le 16 en arrivant ce soir devant la table de roulette ? »

J'attends la réponse du pendule.

Ensuite, je pose la même question sur l'as, le 3, le 22 et le 25, le 35 et le 36, et enfin sur le 33.

Toutes les réponses négatives étant écartées, je prends note des numéros gagnants que je jouerai le soir même ou le lendemain, mais pas plus de deux jours après les avoir sélectionnés, c'est en effet le délai maximum pour aller retrouver la table des jeux du casino...

La dernière expérience que j'ai tentée dans ce domaine m'a quand même rapporté une somme de 33 000F, pour une mise de 300F à 400 F... Qui dit mieux ?

Ne perdez donc pas de temps ! Faites vos jeux...

Chapitre X

LA RÉCOMPENSE : LE GROS LOT...

Vers la fin de l'année 1990, la Française des Jeux a décidé de multiplier les chances de gain en doublant les tirages.

Nous sommes passés de deux tirages par semaine à quatre, deux le mercredi et deux le samedi.

Moi qui, vous vous en doutez, surveillais tout ça de très près, j'ai constaté un soir que personne n'avait gagné depuis trois semaines à aucun tirage du samedi, ce qui nous préparait une super-cagnotte jamais égalée à ce jour de 120 millions de francs, un vrai pactole !

Là, je me suis acharnée à travailler chaque soir encore plus intensément... Je ne pensais qu'à ça : empocher cette cagnotte, quitte à la partager avec un ou deux autres gagnants, pour vivre enfin le conte de fées que la bohémienne m'avait prédit...

Ma vie avait changé. J'avais enfin décidé de quitter la ferme familiale et d'entamer une procédure de divorce. Désireuse de trouver du travail, j'avais passé quelques annonces dans les journaux de la région afin de trouver un poste de femme de ménage ou de bonne à tout faire.

Après avoir reçu onze réponses positives qui me proposaient un rendez-vous pour un premier entretien, je me suis présentée à la première personne qui m'avait convoquée.

C'était à Verdun, chez une gentille grand-mère âgée de 83 ans. Elle habitait dans un grand appartement de cinq pièces, et après une discussion très chaleureuse, elle m'a engagée immédiatement.

J'ai pris ce travail très au sérieux, et chaque week-end, je me rendais chez cette petite grand-mère pour faire le ménage, la vaisselle et la cuisine. J'étais aussi sa dame de compagnie et sa confidente.

À l'époque, elle me payait 350F par semaine, et je dois avouer qu'une grande partie de cette somme était investie dans mes mises au loto.

Les autres jours de la semaine, je travaillais chez un monsieur très âgé, chez qui je faisais également le ménage et la cuisine. Je m'occupais également de son linge, ce qui me donnait droit, en échange des bons services rendus, au gîte et au couvert, sans la moindre somme d'argent, même modeste.

Cette vie dure, faite de labeur et de fatigue devait durer un peu plus de quinze mois.

Pendant toute cette période, j'ai continué à jouer au loto très assidûment, attendant tout de la chance et de la Providence qui ne pouvaient, un jour, manquer de se manifester à mon égard.

En juillet 90, je n'avais qu'un désir : attirer la chance et quitter cette vie misérable.

J'ai commencé à développer en profondeur une concentration exceptionnelle. Je me répétais à longueur de journée et de nuit que je n'avais aucun autre moyen que ce pendule à qui j'avais confié toutes mes espérances.

Au fond de moi, je n'ai jamais douté que Dieu, la Sainte Vierge et sainte Thérèse, par le biais de ce pendule, me guideraient vers la fortune dont je rêvais tant…

La pauvreté m'apparaissait alors comme une sorte de cancer qu'il fallait absolument détruire avant qu'il ne me condamne définitivement.

Fin août 1990, par une belle matinée d'automne, j'étais allée à Verdun pour y faire quelques courses, quand, subitement, je me suis arrêtée devant une boutique de magnifiques pulls de couleur pastel. J'ai immédiatement pensé : « Hélas, ils ne sont pas pour moi ! » Au même moment, tel un flash, une impulsion intérieure m'a poussée à l'intérieur de la boutique.

Comme s'il s'agissait d'une autre Bernadette que je ne connaissais pas, j'ai acheté plus de trente-cinq paires de chaussettes d'hiver pour les enfants. À la caisse, l'addition était lourde : 3500 F de paires de chaussettes !

Malgré un compte en banque plutôt négatif, je me suis entendu proposer un chèque en avertissant toutefois la patronne du magasin que je me rendrais dès le lendemain à la banque pour lui demander de bien vouloir honorer ce chèque.

Je me revois encore aujourd'hui, sûre de moi, lançant à l'intention de la patronne et des vendeuses :

« – Ne vous inquiétez pas, mesdames, bientôt, je serai milliardaire ! »

La patronne m'a regardée en souriant d'un air énigmatique que j'ai aussitôt interprété comme un défi partagé. « Milliardaire ? Pourquoi pas ? »

Sans rien ajouter, elle a accepté le chèque.

À la fois fière et très excitée, je suis ressortie de la boutique avec mes trente-cinq paires de chaussettes. Comme si cela n'était pas suffisant, j'ai renouvelé mon geste dans d'autres boutiques où j'ai acheté une quantité impressionnante de vêtements.

Une nouvelle Bernadette était née. En moi s'imposait une pensée et une seule : « Bientôt, je serai milliardaire et je pourrai tout m'offrir ! »

J'ai même eu le culot, ce jour-là, de dire dans certaines boutiques :

« – N'ayez pas peur, je reviendrai vous payer plus tard car je sais que je vais être bientôt milliardaire ! »

De retour chez la grand-mère et le grand-père qui m'employaient, j'ai soudain éprouvé une joie intense, pressentant que ce mois de septembre serait pour moi la date de la délivrance, de la liberté et de la gloire.

Suivant de très près les tirages cumulés, car il n'y avait aucun gagnant au loto depuis plusieurs semaines, je ne pouvais m'empêcher de me réjouir en me répétant que la super cagnotte qui allait être annoncée serait pour moi.

Dès que j'ai appris que la super cagnotte annoncée pour la semaine à venir serait de 120 millions de francs, une immense force intérieure m'a soulevée de terre. Pas de doute, il me fallait travailler encore davantage mon pendule, en vue de ce fabuleux tirage du 29 septembre 1990.

J'ai inscrit sur une feuille vierge la date du tirage et la somme de 120 millions de francs. C'est à ce moment-là que mon travail de recherche a commencé.

Pendant huit jours et huit nuits, dès qu'un moment de liberté se présentait, je travaillais au pendule chaque numéro de 1 à 49.

Pensant fortement à cette formidable somme d'argent, j'ai attaqué un véritable travail de titan.

Mot pour mot, étape après étape, j'ai appliqué la méthode que je vous ai décrite au fil de ces pages.

J'ai terminé la totalité de mon analyse le vendredi 28 septembre 1990, la veille du tirage. J'ai pris trois bulletins pour jouer deux multiples et un simple. Quand le pendule m'a donné la confirmation finale des bons numéros que je devais jouer, j'ai coché mes bulletins et j'ai dit au grand-père qui m'employait et chez qui je logeais :

« Je crois que je vais être milliardaire ! »

Le samedi, avant de me rendre chez la grand-mère qui m'attendait à 17 heures 30, je suis passée au bureau de tabac vers 17 heures pour faire valider mes trois bulletins.

J'ai commencé par donner le bulletin simple, lui aussi gagnant d'une petite somme, mais quand j'ai voulu faire valider les deux bulletins multiples, la machine s'est enrayée… Impossible de les passer !

À toute allure, j'ai pensé que je pouvais peut-être, vu l'heure avancée, me précipiter dans un autre bureau de tabac. Mais non, c'était impossible, je ne pouvais, décemment, faire attendre la grand-mère qui me guettait à 17 heures 30 précises.

À moins que je ne coure chez elle la prévenir de mon retard et lui demander de bien vouloir patienter jusqu'à 19 heures ? Sitôt pensé, sitôt exécuté !

Étonnée par mon état d'excitation, mais comprenant qu'il se passait quelque chose d'important, la grand-mère m'accorda un délai de grâce. Je ne lui avais pas donné la raison de mon retard, j'avais simplement exprimé avec beaucoup d'impatience qu'elle devait absolument m'accorder ce délai.

Le temps de revenir en flèche vers la caisse du buraliste, j'ai réalisé avec soulagement que la machine refonctionnait. C'est au moment où j'ai vu la machine avaler les deux bulletins multiples que j'ai pressenti que les numéros étaient les bons.

J'ai attrapé mes trois bulletins validés et je suis repartie travailler chez la grand-mère, très étonnée de me voir revenir aussi vite… Sans aucun commentaire, l'estomac noué par l'angoisse, j'ai préparé le repas du soir pour nous deux.

Il était un peu plus de 19 heures 30. Après le dîner, j'ai débarrassé la table et j'ai commencé à faire la vaisselle. Je sentais bien que la grand-mère se posait une foule de questions quant aux raisons de mon retard et de ma préoccupation, mais je ne pouvais m'empêcher, en silence, de guetter l'heure du tirage.

À 20 heures 55, le second tirage de la super cagnotte était annoncé à la télévision. La grand-mère, qui ne regardait jamais le tirage du loto, était restée pourtant fidèle à la bonne chaîne, sans doute à cause de l'importance de la cagnotte. Une minute avant le tirage du premier numéro, c'est-à-dire juste avant que la première boule dégringole, l'angoisse me serra la gorge :

« – Mon Dieu, faîtes que je gagne ! »

À ce moment, la jolie Annie Poirel a annoncé le premier numéro sorti : c'était le 4.

Puis le second, le 6. Les yeux fixés sur l'écran de télévision, je parlais à mon pendule qui ne quittait pas le fond de ma poche de tablier :

« – Merci, mon cher pendule, tu vois, j'ai déjà joué grâce à toi deux bons numéros ! »

Le troisième est arrivé : c'était le 8. Moi, je pensais :

« – C'est bien, j'en ai trois, mais ce n'est pas assez, Sainte Vierge, faites que ça continue ! »

Le quatrième est annoncé : c'était le 13 et je l'avais bel et bien joué !

« – Je suis remboursée de ma mise ! » pensais-je en continuant d'essuyer la vaisselle.

Le cinquième numéro ? C'était le 27.

Levant les yeux aux ciel, j'ai imploré la Providence pour qu'Elle m'accorde ce petit dernier qui devait changer ma vie.

« – Allez, encore un petit effort et je rends mon tablier de bonne à tout faire ! Le 33, mon Dieu, donnez-moi le 33 ! »

Le 33 a dégringolé de la roue pour finir sa course en sixième position. Je l'avais, mon 33 ! Et ce petit numéro de rien du tout faisait enfin de moi une femme riche. Moi, la bonne à tout faire, la femme de ménage, j'étais riche ! Immensément riche !

Folle de joie, j'ai tapé dans mes mains comme une petite fille en balbutiant une prière d'action de grâces :

« – Merci, mon Dieu, je vais enfin pouvoir arrêter de travailler ! Je vais être enfin libre, *libre* ! »

Pendant trois jours, j'ai conservé ce bulletin sur mon cœur. Je n'arrivais pas encore à croire à mon bonheur. Et puis, je voulais absolument savourer ce plaisir immense qui fait basculer, en une fraction de seconde, le cours d'une vie.

Toute ma pauvre vie de servante, mes années de misère s'effaçaient miraculeusement, comme une éponge balaie d'un coup une ardoise devenue magique... Mais n'était-elle pas un peu magique, cette combinaison de six numéros qui faisait de moi une femme libre ?

Le lendemain, je me suis promenée dans les rues de Verdun et dans les tabacs de la ville pour écouter les commentaires de chacun concernant cette énorme cagnotte que personne ne réclamait. Tout le monde savait qu'il y avait un gagnant dans la commune, mais personne ne savait le nom de cet heureux privilégié. Les gens ne parlaient que de ça... Moi, j'écoutais, mine de rien, toutes leurs réflexions.

Ainsi ai-je gardé le secret du 29 septembre 1990 jusqu'au mercredi 2 octobre 1990.

Le mercredi, vers 11 heures du matin, j'ai téléphoné à la Française des jeux pour donner le numéro de mon ticket gagnant. Je connaissais le montant de la somme que je devais toucher, puisque le samedi soir, après le tirage, mon pendule m'avait avertie qu'il y avait trois gagnants qui devaient se partager les 120 millions de francs.

J'étais donc sur le point de toucher 40 millions de francs ! Vous vous rendez compte du choc qu'a pu ressentir la petite bonne à tout faire qui, pendant tant d'années, n'avait jamais eu un sou à elle ?

C'était un peu comme si un coup de massue m'avait fait éclater la tête ! J'avais l'impression de changer de planète...

La Française des jeux, heureuse de connaître enfin son troisième gagnant, m'a donné rendez-vous le jour même, c'est-à-dire le mercredi 2 octobre 1990 à 17 heures à l'hôtel Royal de Metz.

Attendue par la direction de la Française des jeux et par les organisateurs des festivités, j'ai été reçue avec champagne et petits fours. Les directeurs de la Française des jeux m'ont demandé si je désirais garder l'anonymat et, après avoir hésité quelques instants, j'ai préféré que mon nom soit communiqué au cours d'une grande fête royale qui, pour moi, évoquait un véritable conte de fées.

Dès le lendemain, jeudi 3 octobre 1990 à 10 heures du matin, la Française des jeux est venue me chercher en estafette pour m'emmener déjeuner au château de Monthairons. C'est là qu'ils m'ont remis "le chèque" de près de 40 millions de francs...

Tous les médias, la presse, les radios, la télévision étaient présents au rendez-vous.

D'un coup de baguette magique, j'étais devenue la princesse d'un véritable conte de fées qui ressemblait pourtant beaucoup à la réalité...

J'avais beau me pincer, je ne dormais pas !

Des centaines de roses avaient été déposées dans chaque pièce du château, des dizaines de serveurs en grande tenue, des laquais en habit de cérémonie, des milliers de coupes de champagne défilaient devant mes yeux émerveillés... Quel enchantement !

Le déjeuner fut somptueux. Autour de l'immense table qui réunissait quatre vingt à cent personnes, toutes inconnues pour moi, on me remit solennellement ce chèque de 40 millions de francs, déposé très délicatement au centre d'une grande assiette de porcelaine présentée par un des directeurs de la Française des jeux.

J'avais beau regarder ce chèque, je ne réussissais pas à calculer la somme représentée par tant de zéros sagement alignés après le numéro 40. Mais même si j'avais beaucoup de difficulté à imaginer la somme d'argent que cet alignement représentait, ce dont j'étais sûre, c'est que j'étais bel et bien milliardaire.

La radio locale de Verdun n'avait-elle pas annoncé la veille que la "milliardaire de Verdun" était recherchée ? Eh bien, c'était moi, Bernadette, la milliardaire de Verdun !

Après cette grande fête et dans les jours qui suivirent, j'ai découvert dans la presse mon nom et ma photo. Les chaînes de télévision, régionales et nationales, commençaient à m'inviter sur leurs plateaux. Parmi les questions des journalistes qui se ressemblaient toutes, l'une d'elles revenait sans cesse :

« – Qu'allez-vous faire de tout cet argent ? »

Je répondais que j'étais prête à m'investir dans l'art lyrique, la passion de ma vie.

J'ai sauvé de l'expulsion une vieille grand-mère, Léonie, qui devait de l'argent à l'URSSAF et qui a pu, grâce au chèque que je lui ai envoyé, rester dans sa maison. J'ai vite compris que dès qu'on est riche, on peut tout s'offrir, certes, mais on peut aussi soulager la misère des plus malheureux.

C'est dans cet esprit que j'ai commencé à signer de gros chèques au profit d'œuvres et d'associations telles que l'ARC, l'abbé Pierre, le professeur Cabrol, et beaucoup d'autres.

À titre personnel, j'ai aidé de nombreuses personnes qui m'avaient écrit pour m'exposer leur situation en me décrivant leur détresse.

Pour mon bonheur, j'ai pu combler mes enfants, et quand je suis arrivée à moi, j'étais déjà si transformée par cette richesse toute neuve que je ne me suis pas reconnue. Fourrures, bijoux, voitures, je me suis tout offert ! Et sans le moindre complexe...

Si je devais revivre une telle aventure, je serais prête à tout recommencer. Après avoir vérifié par moi-même que l'argent fait le bonheur et qu'il ouvre beaucoup de portes, j'ai pu réaliser mes rêves les plus fous.

Accompagnée par un orchestre philarmonique de cent musiciens, j'ai enregistré en 1996 un disque intitulé “Requiem pour ma mère”, véritable exorcisme de mes années d'enfance malheureuse. Suite à cet enregistrement, j'ai tourné un vidéo-clip dans une collégiale du XIIe siècle... Un vrai rêve de petite fille, entièrement réalisé grâce à mon manager qui a su combler tous mes rêves d'enfant dans les moindres détails. Je lui dois les plus beaux moments de ma vie, et ça, je ne l'oublierai jamais, même au paradis !

Mes projets ? Pourquoi pas la réalisation d'un film musical, peut-être Outre-Manche, sans oublier une pièce de théâtre qui relaterait ma vie et dans laquelle j'adorerais jouer mon propre rôle.

Après cette existence qui m'a fait connaître la misère et la richesse, quoi de plus doux que de m'étendre dans la chaise longue qui trône en permanence sur la pelouse de mon cher jardin fleuri de roses dont je ne me lasse pas de respirer le parfum ?

Dans ma maison blanche que j'ai baptisée “Liberté”, je chante les grands airs lyriques que j'aime tant, et je vis paisiblement, à l'écoute de cette nature qui ne m'a jamais trahie. Les oiseaux sont mes amis, je leur raconte mes joies et ma tristesse, mes rêves les plus fous et le récit de leur réalisation.

Je sais aujourd'hui que les rêves ne sont pas toujours irréalisables, et qu'il est nécessaire de s'astreindre à une discipline de vie qui, tôt ou tard, nous aidera à triompher du malheur.

Un malheur qui ne doit jamais ressembler à une fatalité. Car Dieu ne nous abandonne jamais, et lorsqu'on se met en marche vers Lui, nul doute que Sa Sainte Providence nous gratifie de ses bienfaits.

C'est dans cet état d'esprit que je vous souhaite, chers lecteurs, cette richesse que vous désirez tant, dont vous avez sûrement rêvé, et qui vous donnera, soyez-en certains, le bonheur et la liberté !

BERNADETTE
Novembre 1997.

TABLE DES MATIÈRES

COLLECTION « PUISSANCES INCONNUES »

Votre avenir par les tarots, G. Sciuto
Connaissez-vous par votre signe astral, J. de Gravelaine
Guide du spiritisme, G. Sciuto
L'amour au 6e sens, M. de Sabato
Magnétiseurs d'aujourd'hui, C. Mesnage
Les tarots : clés de ma voyance, V. Picron
Dictionnaire de graphologie, Pr. A. Vels
Les ultimes prophéties de Nostradamus, J. de Mareuil
Contacts avec l'au-delà, G. Sciuto
Les clefs du paraconscient, J. Messinger
La vie jamais ne peut finir, M. de Nayville
La voyance et les voyants, C. Mesnage et V. Colombani

Ce volume a été composé
par GPI-Juigné-sur-Sarthe
et achevé d'imprimer en avril 1998
sur presse Cameron
par ***Bussière Camedan Imprimeries***
à Saint-Amand-Montrond (Cher)

N° d'impression : 982368/1
Dépôt légal : avril 1998.

Imprimé en France